小经典系列
LUXÚNJINGDIANQUANJI
XIAOJINGDIANLIXIE
SINCE 2020

经典全集

故

乡

鲁迅/著

中国文史出版社

图书在版编目（CIP）数据

故乡/鲁迅著.—北京：中国文史出版社，
2020.5（2023.5 重印）
（鲁迅经典全集）
ISBN 978 - 7 - 5205 - 2007 - 2

Ⅰ.①故…　Ⅱ.①鲁…　Ⅲ.①鲁迅小说 - 小说集②鲁
迅杂文 - 杂文集　Ⅳ.①I210.2

中国版本图书馆 CIP 数据核字（2020）第 067150 号

责任编辑：刘　夏
封面设计：周　飞

出版发行：**中国文史出版社**
社　　址：北京市海淀区西八里庄路 69 号 邮编：100036
电　　话：010 - 81136606 81136602 81136603（发行部）
传　　真：010 - 81136655
印　　装：三河市华晨印务有限公司
经　　销：全国新华书店
开　　本：880×1230　1/32
印　　张：60　　　字数：1400 千字
版　　次：2020 年 5 月北京第 1 版
印　　次：2023 年 5 月第 5 次印刷
定　　价：298.00 元（全 10 册）

目　录

故　乡

故　乡

　　我冒了严寒，回到相隔二千余里，别了二十余年的故乡去。

　　时候既然是深冬，渐近故乡时，天气又阴晦了，冷风吹进船舱中，呜呜地响，从篷隙向外一望，苍黄的天底下，远近横着几个萧索的荒村，没有一些活气。我的心禁不住悲凉起来了。

　　阿！这不是我二十年来时时记得的故乡？

　　我所记得的故乡全不如此。我的故乡好得多了。但要我记起他的美丽，说出他的佳处来，却又没有影像，没有言辞了。仿佛也就如此。于是我自己解释说：故乡本也如此——虽然没有进步，也未必有如我所感的悲凉，这只是我自己心情的改变罢了，因为我这次回乡，本没有什么好心绪。

　　我这次是专为了别他而来的。我们多年聚族而居的老屋，已经公同卖给别姓了，交屋的期限，只在本年，所以必须赶在正月初一以前，永别了熟识的老屋，而且远离了熟识的故乡，搬家到我在谋食的异地去。

　　第二日清早晨我到了我家的门口了。瓦楞上许多枯草的断茎当风抖着，正在说明这老屋难免易主的原因。几房的本家大约已经搬走了，所以很寂静。我到了自家的房外，我的母亲早已迎着出来了，接着便飞出了八岁的侄儿宏儿。

　　我的母亲很高兴，但也藏着许多凄凉的神情，叫我坐下，歇息，喝茶，且不谈搬家的事。宏儿没有见过我，远远地对面站着只是看。

但我们终于谈到搬家的事。我说外间的寓所已经租定了，又买了几件家具，此外须将家里所有的木器卖去，再去增添。母亲也说好，而且行李也略已齐集，木器不便搬运的，也小半卖去了，只是收不起钱来。

"你休息一两天，去拜望亲戚本家一回，我们便可以走了。"母亲说。

"是的。"

"还有闰土，他每到我家来时，总问起你，很想见你一回面。我已经将你到家的大约日期通知他，他也许就要来了。"

这时候，我的脑里忽然闪出一幅神异的图画来：深蓝的天空中挂着一轮金黄的圆月，下面是海边的沙地，都种着一望无际的碧绿的西瓜，其间有一个十一二岁的少年，项戴银圈，手捏一柄钢叉，向一匹猹①尽力地刺去，那猹却将身一扭，反从他的胯下逃走了。

这少年便是闰土。我认识他时，也不过十多岁，离现在将有三十年了；那时我的父亲还在世，家景也好，我正是一个少爷。那一年，我家是一件大祭祀的值年②。这祭祀，说是三十多年才能轮到一回，所以很郑重；正月里供祖像，供品很多，祭器很讲究，拜的人也很多，祭器也很要防偷去。我家只有一个忙月（我们这里给人做工的分三种：整年给一定人家做工的叫长年；按日给人做工的叫短工；自己也种地，只在过年过节以及收租时候来给一定的人家做工的称忙月），忙不过来，

---

① 猹：作者在一九二九年五月四日致舒新城信中说："'猹'字是我据乡下人所说的声音，生造出来的，读如'查'。但我自己也不知道究竟是怎样的动物，因为这乃是闰土所说，辇人不知其详。现在想起来，也许是獾罢。"

② 大祭祀的值年：旧时的大家族每年都有祭祀祖先的活动，由家庭中各房按年轮流主持，轮到的称为"值年"。

他便对父亲说，可以叫他的儿子闰土来管祭器的。

我的父亲允许了；我也很高兴，因为我早听到闰土这名字，而且知道他和我仿佛年纪，闰月生的，五行缺土，所以他的父亲叫他闰土。他是能装弶捉小鸟雀的。

我于是日日盼望新年，新年到，闰土也就到了。好容易到了年末，有一日，母亲告诉我，闰土来了，我便飞跑地去看。他正在厨房里，紫色的圆脸，头戴一顶小毡帽，颈上套一个明晃晃的银项圈，这可见他的父亲十分爱他，怕他死去，所以在神佛面前许下愿心，用圈子将他套住了。他见人很怕羞，只是不怕我，没有旁人的时候，便和我说话，于是不到半日，我们便熟识了。

我们那时候不知道谈些什么，只记得闰土很高兴，说是上城之后，见了许多没有见过的东西。

第二日，我便要他捕鸟。他说：

“这不能。须大雪下了才好。我们沙地上，下了雪，我扫出一块空地来，用短棒支起一个大竹匾，撒下秕〔bǐ，籽实不饱满〕谷，看鸟雀来吃时，我远远地将缚在棒上的绳子只一拉，那鸟雀就罩在竹匾下了。什么都有：稻鸡、角鸡、鹁鸪、蓝背……”

我于是又很盼望下雪。

闰土又对我说：

“现在太冷，你夏天到我们这里来。我们日里到海边捡贝壳去，红的绿的都有，鬼见怕也有，观音手也有。晚上我和爹管西瓜去，你也去。”

“管贼么？”

“不是。走路的人口渴了摘一个瓜吃，我们这里是不算偷的。要管的是獾猪、刺猬、猹。月亮地下，你听，啦啦地响了，猹在咬瓜了。你便捏了胡叉，轻轻地走去……”

我那时并不知道这所谓猹的是怎么一件东西——便是现在也没有知道——只是无端地觉得状如小狗而很凶猛。

　　"它不咬人么?"

　　"有胡叉呢。走到了,看见猹了,你便刺。这畜生很伶俐,倒向你奔来,反从胯下窜了。他的皮毛是油一般地滑……"

　　我素不知道天下有这许多新鲜事:海边有如许五色的贝壳;西瓜有这样危险的经历,我先前单知道他在水果店里出卖罢了。

　　"我们沙地里,潮汛要来的时候,就有许多跳鱼儿只是跳,都有青蛙似的两个脚……"

　　阿!闰土的心里有无穷无尽的稀奇的事,都是我往常的朋友所不知道的。他们不知道一些事,闰土在海边时,他们都和我一样只看见院子里高墙上的四角的天空。

　　可惜正月过去了,闰土须回家里去,我急得大哭,他也躲到厨房里,哭着不肯出门,但终于被他父亲带走了。他后来还托他的父亲带给我一包贝壳和几支很好看的鸟毛,我也曾送他一两次东西,但从此没有再见面。

　　现在我的母亲提起了他,我这儿时的记忆,忽而全都闪电似的苏生过来,似乎看到了我的美丽的故乡了。我应声说:

　　"这好极!他——怎样?……"

　　"他?……他景况也很不如意……"母亲说着,便向房外看,"这些人又来了。说是买木器,顺手也就随便拿走的,我得去看看。"

　　母亲站起身,出去了。门外有几个女人的声音,我便招宏儿走近面前,和他闲话:问他可会写字,可愿意出门。

　　"我们坐火车去么?"

　　"我们坐火车去。"

"船呢?"

"先坐船,……"

"哈!这模样了!胡子这么长了!"一种尖利的怪声突然大叫起来。

我吃了一吓,赶忙抬起头,却见一个凸颧骨,薄嘴唇,五十岁上下的女人站在我面前,两手搭在髀间,没有系裙,张着两脚,正像一个画图仪器里细脚伶仃的圆规。

我愕然了。

"不认识了么?我还抱过你咧!"

我愈加愕然了。幸而我的母亲也就进来,从旁说:

"他多年出门,统忘却了。你该记得罢,"便向着我说,"这是斜对门的杨二嫂,……开豆腐店的。"

哦,我记得了。我孩子时候,在斜对门的豆腐店里确乎终日坐着一个杨二嫂,人都叫伊"豆腐西施"。但是擦着白粉,颧骨没有这么高,嘴唇也没有这么薄,而且终日坐着,我也从没有见过这圆规式的姿势。那时人说:因为伊,这豆腐店的买卖非常好。但这大约因为年龄的关系,我却并未蒙着一毫感化,所以竟完全忘却了。然而圆规很不平,显出鄙夷的神色,仿佛嗤笑法国人不知道拿破仑,美国人不知道华盛顿似的,冷笑说:

"忘了?这真是贵人眼高……"

"哪有这事……我……"我惶恐着,站起来说。

"那么,我对你说。迅哥儿,你阔了,搬动又笨重,你还要什么这些破烂木器,让我拿去罢。我们小户人家,用得着。"

"我并没有阔哩。我须卖了这些,再去……"

"阿呀呀，你放了道台①了，还说不阔？你现在有三房姨太太；出门便是八抬的大轿，还说不阔？吓，什么都瞒不过我。"

我知道无话可说了，便闭了口，默默地站着。

"阿呀阿呀，真是愈有钱，便愈是一毫不肯放松，愈是一毫不肯放松，便愈有钱……"圆规一面愤愤地回转身，一面絮絮地说，慢慢向外走，顺便将我母亲的一副手套塞在裤腰里，出去了。

此后又有近处的本家和亲戚来访问我。我一面应酬，偷空便收拾些行李，这样地过了三四天。

一日是天气很冷的午后，我吃过午饭，坐着喝茶，觉得外面有人进来了，便回头去看。我看时，不由地非常出惊，慌忙站起身，迎着走去。

这来的便是闰土。虽然我一见便知道是闰土，但又不是我这记忆上的闰土了。他身材增加了一倍；先前的紫色的圆脸，已经变作灰黄，而且加上了很深的皱纹；眼睛也像他父亲一样，周围都肿得通红，这我知道，在海边种地的人，终日吹着海风，大抵是这样的。他头上是一顶破毡帽，身上只一件极薄的棉衣，浑身瑟索着；手里提着一个纸包和一支长烟管，那手也不是我所记得的红活圆实的手，却又粗又笨而且开裂，像是松树皮了。

我这时很兴奋，但不知道怎么说才好，只是说：

"阿！闰土哥——你来了？……"

我接着便有许多话，想要连珠一般涌出：角鸡、跳鱼儿、贝壳、猹、……但又总觉得被什么挡着似的，单在脑里面回

---

① 道台：清时总管一个区域行政职务或专掌某一特定职务的道员的俗称。前者为省以下、府州以上的行政长官；后者专管一省特定事务，如兵备道掌管一省兵马调动及防务。北洋政府亦曾袭用此制，改称道尹，民间则依旧呼为道台。

旋，吐不出口外去。

他站住了，脸上现出欢喜和凄凉的神情；动着嘴唇，却没有作声。他的态度终于恭敬起来了，分明地叫道：

"老爷！……"

我似乎打了一个寒噤；我就知道，我们之间已经隔了一层可悲的厚障壁了。我也说不出话。

他回过头去说，"水生，给老爷磕头。"便拖出躲在背后的孩子来，这正是一个廿年前的闰土，只是黄瘦些，颈子上没有银圈罢了。"这是第五个孩子，没有见过世面，躲躲闪闪……"

母亲和宏儿下楼来了，他们大约也听到了声音。

"老太太。信是早收到了。我实在喜欢地了不得，知道老爷回来……"闰土说。

"阿，你怎的这样客气起来。你们先前不是哥弟称呼么？还是照旧：迅哥儿。"母亲高兴地说。

"阿呀，老太太真是……这成什么规矩。那时是孩子，不懂事……"闰土说着，又叫水生上来打拱，那孩子却害羞，紧紧地只贴在他背后。

"他就是水生？第五个？都是生人，怕生也难怪的；还是宏儿和他去走走。"母亲说。

宏儿听得这话，便来招水生，水生却松松爽爽同他一路出去了。母亲叫闰土坐，他迟疑了一回，终于就了坐，将长烟管靠在桌旁，递过纸包来，说：

"冬天没有什么东西了。这一点干青豆倒是自家晒在那里的，请老爷……"

我问问他的景况。他只是摇头。

"非常难。第六个孩子也会帮忙了，却总是吃不够……又不太平……什么地方都要钱，没有定规……收成又坏。种出东西来，挑去卖，总要捐几回钱，折了本；不去卖，又只能烂掉……"

他只是摇头；脸上虽然刻着许多皱纹，却全然不动，仿佛石像一般。他大约只是觉得苦，却又形容不出，沉默了片时，便拿起烟管来默默地吸烟了。

母亲问他，知道他的家里事务忙，明天便得回去；又没有吃过午饭，便叫他自己到厨下炒饭吃去。

他出去了；母亲和我都叹息他的景况：多子、饥荒、苛税、兵、匪、官、绅，都苦得他像一个木偶人了。母亲对我说，凡是不必搬走的东西，尽可以送他，可以听他自己去拣择。

下午，他拣好了几件东西：两条长桌，四个椅子，一副香炉和烛台，一杆抬秤。他又要所有的草灰（我们这里煮饭是烧稻草的，那灰，可以做沙地的肥料），待我们启程的时候，他用船来载去。

夜间，我们又谈些闲天，都是无关紧要的话；第二天早晨，他就领了水生回去了。

又过了九日，是我们启程的日期。闰土早晨便到了，水生没有同来，却只带着一个五岁的女儿管船只。我们终日很忙碌，再没有谈天的工夫。来客也不少，有送行的，有拿东西的，有送行兼拿东西的。待到傍晚我们上船的时候，这老屋里的所有破旧大小粗细东西，已经一扫而空了。

我们的船向前走，两岸的青山在黄昏中，都装成了深黛颜色，连着退向船后梢去。

宏儿和我靠着船窗，同看外面模糊的风景，他忽然问道：

"大伯！我们什么时候回来？"

"回来？你怎么还没有走就想回来了。"

"可是，水生约我到他家玩去咧……"他睁着大的黑眼睛，痴痴地想。

我和母亲也都有些惘然，于是又提起闰土来。母亲说，那豆腐西施的杨二嫂，自从我家收拾行李以来，本是每日必到的，前天伊在灰堆里，掏出十多个碗碟来，议论之后，便定说是闰土埋着的，他可以在运灰的时候，一齐搬回家里去；杨二嫂发现了这件事，自己很以为功，便拿了那狗气杀（这是我们这里养鸡的器具，木盘上面有着栅栏，内盛食料，鸡可以伸进颈子去啄，狗却不能，只能看着气死），飞也似的跑了，亏伊装着这么高底的小脚，竟跑得这样快。

老屋离我愈远了；故乡的山水也都渐渐远离了我，但我却并不感到怎样的留恋。我只觉得我四面有看不见的高墙，将我隔成孤身，使我非常气闷；那西瓜地上的银项圈的小英雄的影像，我本来十分清楚，现在却忽地模糊了，又使我非常的悲哀。

母亲和宏儿都睡着了。

我躺着，听船底潺潺的水声，知道我在走我的路。我想：我竟与闰土隔绝到这地步了，但我们的后辈还是一气，宏儿不是正在想念水生么。我希望他们不再像我，又大家隔膜起来……然而我又不愿意他们因为要一气，都如我的辛苦辗转而生活，也不愿意他们都如闰土的辛苦麻木而生活，也不愿意都如别人的辛苦恣睢而生活。他们应该有新的生活，为我们所未经生活过的。

我想到希望，忽然害怕起来了。闰土要香炉和烛台的时候，我还暗地里笑他，以为他总是崇拜偶像，什么时候都不忘却。现在我所谓希望，不也是我自己手制的偶像么？只是他的愿望切近，我的愿望茫远罢了。

我在朦胧中，眼前展开一片海边碧绿的沙地来，上面深蓝的天空中挂着一轮金黄的圆月。我想：希望是本无所谓有，无所谓无的。这正如地上的路：其实地上本没有路，走的人多了，也便成了路。

一九二一年一月。

*本篇最初发表于一九二一年五月《新青年》第九卷第一号。

坟

题　记

　　将这些体式上截然不同的东西,集合了做成一本书样子的缘由,说起来是很没有什么冠冕堂皇的。首先就因为偶尔看见了几篇将近二十年前所做的所谓文章。这是我做的么？我想。看下去,似乎也确是我做的。那是寄给《河南》①的稿子;因为那编辑先生有一种怪脾气,文章要长,愈长,稿费便愈多。所以如《摩罗诗力说》那样,简直是生凑。倘在这几年,大概不至于那么做了。又喜欢做怪句子和写古字,这是受了当时的《民报》②的影响;现在为排印的方便起见,改了一点,其余的便都由他。这样生涩的东西,倘是别人的,我恐怕不免要劝他"割爱",但自己却总还想将这存留下来,而且也并不"行年五十而知四十九年非",愈老就愈进步。其中所说的几个诗人,至今没有人再提起,也是使我不忍抛弃旧稿的一个小原因。他们的名,先前是怎样地使我激昂呵,民国告成以后,我便将他们忘却了,而不料现在他们竟又时时在我的眼前出现。

　　其次,自然因为还有人要看,但尤其是因为又有人憎恶着我的文章。说话说到有人厌恶,比起毫无动静来,还是一种幸福。天下不舒服的人们多着,而有些人们却一心一意在造专给自己舒服的世界。这是不能如此便宜的,也给他们放一点可恶的东西在眼前,使他有时小不舒服,知道原来自己的世界也不容易十

---

　　① 《河南》:我国留日学生一九〇七年十二月创办于东京的月刊。
　　② 《民报》:初为月刊,后不定期出版。同盟会的机关杂志。

分美满。苍蝇的飞鸣，是不知道人们在憎恶他的；我却明知道，然而只要能飞鸣就偏要飞鸣。我的可恶有时自己也觉得，即如我的戒酒，吃鱼肝油，以望延长我的生命，倒不尽是为了我的爱人，大大半乃是为了我的敌人，——给他们说得体面一点，就是敌人罢——要在他的好世界上多留一些缺陷。君子之徒①曰：你何以不骂杀人不眨眼的军阀呢？斯亦卑怯也已！但我是不想上这些诱杀手段的当的。木皮道人②说得好，"几年家软刀子割头不觉死"，我就要专指斥那些自称"无枪阶级"而其实是拿着软刀子的妖魔。即如上面所引的君子之徒的话，也就是一把软刀子。假如遭了笔祸了，你以为他就尊你为烈士了么？不，那时另有一番风凉话。倘不信，可看他们怎样评论那死于三一八惨杀的青年。

此外，在我自己，还有一点小意义，就是这总算是生活的一部分的痕迹。所以虽然明知道过去已经过去，神魂是无法追蹑〔niè，踩、踏，追蹑：追踪〕的，但总不能那么决绝，还想将糟粕收敛起来，造成一座小小的新坟，一面是埋葬，一面也是留恋。至于不远的踏成平地，那是不想管，也无从管了。

我十分感谢我的几个朋友，替我搜集，抄写，校印，各费去许多追不回来的光阴。我的报答，却只能希望当这书印钉成工时，或者可以博得各人的真心愉快的一笑。别的奢望，并没有什么；至多，但愿这本书能够暂时躺在书摊上的书堆里，正如博厚的大地，不至于容不下一点小土块。再进一步，可就有些不安分了，那就是中国人的思想、趣味，目下幸而还未被所谓正人君子所统一，譬如有的专爱瞻仰皇陵，有的却喜欢凭吊荒冢〔zhǒng，坟墓〕，

---

① 指当时现代评论派的人们。
② 木皮道人：应是木皮散人，是明代遗民贾凫西的别号。贾凫西（1590—约1676），名应宠，山东曲阜人。作者借用"软刀子"来比喻现代评论派的言论。

无论怎样，一时大概总还有不惜一顾的人罢。只要这样，我就非常满足了；那满足，盖不下于取得富家的千金云。

一九二六年十月三十日大风之夜，鲁迅记于厦门。

*本篇最初发表于一九二六年十一月二十日北京《语丝》周刊一〇六期，题为"《坟》的题记"。

我之节烈观

　　"世道浇漓,人心日下,国将不国"这一类话,本是中国历来的叹声。不过时代不同,则所谓"日下"的事情,也有迁变:从前指的是甲事,现在叹的或是乙事。除了"进呈御览"的东西不敢妄说外,其余的文章议论里,一向就带这口吻。因为如此叹息,不但针砭世人,还可以从"日下"之中,除去自己。所以君子固然相对慨叹,连杀人放火嫖妓骗钱以及一切鬼混的人,也都乘作恶余暇,摇着头说道,"他们人心日下了。"

　　世风人心这件事,不但鼓吹坏事,可以"日下";即使未曾鼓吹,只是旁观,只是赏玩,只是叹息,也可以叫他"日下"。所以近一年来,居然也有几个不肯徒托空言的人,叹息一番之后,还要想法子来挽救。第一个是康有为,指手画脚地说"虚君共和"才好,陈独秀便斥他不兴;其次是一班灵学派的人,不知何以起了极古奥的思想,要请"孟圣矣乎"的鬼来划策;陈百年钱玄同刘半农又道他胡说。

　　这几篇驳论,都是《新青年》里最可寒心的文章。时候已是二十世纪了;人类眼前,早已闪出曙光。假如《新青年》里,有一篇和别人辩地球方圆的文字,读者见了,怕一定要发怔。然而现今所辩,正和说地体不方相差无几。将时代和事实,对照起来,怎能不教人寒心而且害怕?

　　近来虚君共和是不提了,灵学似乎还在那里捣鬼,此时却又有一群人,不能满足;仍然摇头说道,"人心日下"了。于是又想出一种挽救的方法;他们叫作"表彰节烈"!

　　这类妙法,自从君政复古时代以来,上上下下,已经提倡多年;此刻不过是树起旗帜的时候。文章议论里,也照例时常出现,都嚷道"表彰节烈"! 要不说这件事,也不能将自己提拔,出于"人心日下"之中。

节烈这两个字,从前也算是男子的美德,所以有过"节士","烈士"的名称。然而现在的"表彰节烈",却是专指女子,并无男子在内。据时下道德家的意见,来定界说,大约节是丈夫死了,决不再嫁,也不私奔,丈夫死得愈早,家里愈穷,她便节得愈好。烈可是有两种:一种是无论已嫁未嫁,只要丈夫死了,她也跟着自尽;一种是有强暴来污辱她的时候,设法自戕,或者抗拒被杀,都无不可。这也是死得愈惨愈苦,她便烈得愈好,倘若不及抵御,竟受了污辱,然后自戕,便免不了议论。万一幸而遇着宽厚的道德家,有时也可以略迹原情,许她一个烈字。可是文人学士,已经不甚愿意替她作传;就令勉强动笔,临了也不免加上几个"惜夫惜夫"了。

总而言之:女子死了丈夫,便守着,或者死掉;遇了强暴,便死掉;将这类人物,称赞一通,世道人心便好,中国便得救了。大意只是如此。

康有为借重皇帝的虚名,灵学家全靠着鬼话。这表彰节烈,却是全权都在人民,大有渐进自力之意了。然而我仍有几个疑问,须得提出。还要据我的意见,给他解答。我又认定这节烈救世说,是多数国民的意思;主张的人,只是喉舌。虽然是他发声,却和四肢五官神经内脏,都有关系。所以我这疑问和解答,便是提出于这群多数国民之前。

首先的疑问是:不节烈(中国称不守节作"失节",不烈却并无成语,所以只能合称他"不节烈")的女子如何害了国家? 照现在的情形,"国将不国",自不消说:丧尽良心的事故,层出不穷;刀兵盗贼水旱饥荒,又接连而起。但此等现象,只是不讲新道德新学问的缘故,行为思想,全钞旧账;所以种种黑暗,竟和古代的乱世仿佛,况且政界军界学界商界等等里面,全是男人,并无不节烈的女子夹杂在内。也未必是有权力的男子，因为受了他们蛊惑，这才丧了良心，放手作恶。至于水旱饥荒，便是专拜龙神，迎大王，滥伐森林，不修水利的祸祟，没有新知识的结果；更与女子无关。只有刀兵盗贼，往往造出许多不节烈的妇女。但也是兵盗在先，不节烈在后，并非因为他们不节烈了，才将刀兵盗贼招来。

其次的疑问是：何以救世的责任，全在女子？照着旧派说起来，女子是"阴类"，是主内的，是男子的附属品。然则治世救国，正须责成阳类，全仗外子，偏劳主体。决不能将一个绝大题目，都搁在阴类肩上。倘依新说，则男女平等，义务略同。纵令该担责任，也只得分担。其余的一半男子，都该各尽义务。不特须除去强暴，还应发挥他自己的美德。不能专靠惩劝女子，便算尽了天职。

其次的疑问是：表彰之后，有何效果？据节烈为本，将所有活着的女子，分类起来，大约不外三种：一种是已经守节，应该表彰的人（烈者非死不可，所以除出）；一种是不节烈的人；一种是尚未出嫁，或丈夫还在，又未遇见强暴，节烈与否未可知的人。第一种已经很好，正蒙表彰，不必说了。第二种已经不好，中国从来不许忏悔，女子做事一错，补过无及，只好任其羞杀，也不值得说了。最要紧的，只在第三种，现在一经感化，他们便都打定主意道："倘若将来丈夫死了，决不再嫁；遇着强暴，赶紧自裁！"试问如此立意，与中国男子做主的世道人心，有何关系？这个缘故，已在上文说明。更有附带的疑问是：节烈的人，既经表彰，自是品格最高。但圣贤虽人人可学，此事却有所不能。假如第三种的人，虽然立志极高，万一丈夫长寿，天下太平，他便只好饮恨吞声，做一世次等的人物。

以上是单依旧日的常识，略加研究，便已发见了许多矛盾。若略带二十世纪气息，便又有两层：

一问节烈是否道德？道德这事，必须普遍，人人应做，人人能行,又于自他两利,才有存在的价值。现在所谓节烈,不特除开男子,绝不相干;就是女子,也不能全体都遇着这名誉的机会。所以决不能认为道德,当作法式。上回《新青年》登出的《贞操论》①里,已经说过理由。不过贞是丈夫还在,节是男子已死的区别,道理却可类推。只有烈的一件事,尤为奇怪,还须略加研究。

照上文的节烈分类法看来,烈的第一种,其实也只是守节,不过生死不同。因为道德家分类,根据全在死活,所以归入烈类。性质全异的,便是第二种。这类人不过一个弱者(现在的情形,女子还是弱者),突然遇着男性的暴徒,父兄丈夫力不能救,左邻右舍也不帮忙,于是她就死了;或者竟受了辱,仍然死了;或者终于没有死。久而久之,父兄丈夫邻舍,夹着文人学士以及道德家,便渐渐聚集,既不羞自己怯弱无能,也不提暴徒如何惩办,只是七口八嘴,议论她死了没有?受污没有?死了如何好,活着如何不好。于是造出了许多光荣的烈女,和许多被人口诛笔伐的不烈女。只要平心一想,便觉不像人间应有的事情,何况说是道德。

二问多妻主义的男子,有无表彰节烈的资格?替以前的道德家说话,一定是理应表彰。因为凡是男子,便有点与众不同,社会上只配有他的意思。一面又靠着阴阳内外的古典,在女子面前逞能。然而一到现在,人类的眼里,不免见到光明,晓得阴阳内外之说,荒谬绝伦;就令如此,也证不出阳比阴尊贵,外比内崇高的道理。况且社会国家,又非单是男子造成。所以只好相信真理,说是一律平等。既然平等,男女便都有一律应守的契约。男子决不能将自己不守的事,向女子特别要求。若是买卖欺骗贡献的婚姻,则要求生时的贞操,尚且毫无理由。何况多妻主义的男子,来表彰女子的节烈。

---

① 《贞操论》:日本女作家与谢野晶子(1878—1942)的文章。

以上，疑问和解答都完了。理由如此支离，何以直到现今，居然还能存在？要对付这问题，须先看节烈这事，何以发生，何以通行，何以不生改革的缘故。

古代的社会，女子多当作男人的物品。或杀或吃，都无不可；男人死后，和他喜欢的宝贝，日用的兵器，一同殉葬，更无不可。后来殉葬的风气，渐渐改了，守节便也渐渐发生。但大抵因为寡妇是鬼妻，亡魂跟着，所以无人敢娶，并非要他不侍二夫。这样风俗，现在的蛮人社会里还有。中国太古的情形，现在已无从详考。但看周末虽有殉葬，并非专用女人，嫁否也任便，并无什么裁制，便可知道脱离了这宗习俗，为日已久。由汉至唐也并没有鼓吹节烈。直到宋朝，那一班"业儒"的才说出"饿死事小失节事大"的话，看见历史上"重适"①两个字，便大惊小怪起来。出于真心，还是故意，现在却无从推测。其时也正是"人心日下，国将不国"的时候，全国士民，多不像样。或者"业儒"的人，想借女人守节的话，来鞭策男子，也不一定。但旁敲侧击，方法本嫌鬼祟，其意也太难分明，后来因此多了几个节妇，虽未可知，然而吏民将卒，却仍然无所感动。于是"开化最早，道德第一"的中国终于归了"生长天气力里大福荫护助里"的什么"薛禅皇帝，完泽笃皇帝，曲律皇帝"②了。此后皇帝换过了几家，守节思想倒反发达。皇帝要臣子尽忠，男人便愈要女人守节。到了清朝，儒者真是愈加厉害。看见唐人文章里有公主改嫁的话，也不免勃然大怒道，"这是什么事！你竟不为尊者讳，这还了得！"假使这唐人还活着，一定要斥革功名，"以正人心而端风俗"了。

国民将到被征服的地位，守节盛了；烈女也从此着重。因为

---

① "重适"：再嫁。
② "长生天气力里大福荫护助里"，是元代白话文，"上天眷命"之意；"薛禅"是元世祖忽必烈的称号，"聪明天纵"之意；"完泽笃"是元成宗铁穆耳的称号，"有寿"之意；"曲律"是元武宗海山的称号，"杰出"之意。

女子既是男子所有,自己死了,不该嫁人,自己活着,自然更不许被夺。然而自己是被征服的国民,没有力量保护,没有勇气反抗了,只好别出心裁,鼓吹女人自杀。或者妻女极多的阔人,婢妾成行的富翁,乱离时候,照顾不到,一遇"逆兵"(或是"天兵"),就无法可想。只得救了自己,请别人都做烈女;变成烈女,"逆兵"便不要了。他便待事定以后,慢慢回来,称赞几句。好在男子再娶,又是天经地义,别讨女人,便都完事。因此世上遂有了"双烈合传"①,"七姬墓志",甚而至于钱谦益的集中,也布满了"赵节妇""钱烈女"的传记和歌颂。

只有自己不顾别人的民情,又是女应守节男子却可多妻的社会,造出如此畸形道德,而且日见精密苛酷,本也毫不足怪。但主张的是男子,上当的是女子。女子本身,何以毫无异言呢?原来"妇者服也",理应服事于人。教育固可不必,连开口也都犯法。他的精神,也同他体质一样,成了畸形。所以对于这畸形道德,实在无甚意见。就令有了异议,也没有发表的机会。做几首"闺中望月""园里看花"的诗,尚且怕男子骂他怀春,何况竟敢破坏这"天地间的正气"? 只有说部书上,记载过几个女人,因为境遇上不愿守节,据做书的人说:可是他再嫁以后,便被前夫的鬼捉去,落了地狱;或者世人个个唾骂,做了乞丐,也竟求乞无门,终于惨苦不堪而死了!

如此情形,女子便非"服也"不可。然而男子一面,何以也不主张真理,只是一味敷衍呢? 汉朝以后,言论的机关,都被"业儒"的垄断了。宋元以来,尤其厉害。我们几乎看不见一部非业儒的书,听不到一句非士人的话。除了和尚道士,奉旨可以说话的以外,其余"异端"的声音,决不能出他卧房一步。况且

---

① "双烈合传",合叙两个烈女事迹的传记。"七姬墓志",元末明初张士诚的女婿潘元绍被徐达打败,怕他的七个妾被夺,即逼令她们一齐自缢,死后合葬,明代张羽为其作墓志。

世人大抵受了"儒者柔也"的影响；不述而作，最为犯忌。即使有人见到，也不肯用性命来换真理。即如失节一事，岂不知道必须男女两性，才能实现。他却专责女性；至于破人节操的男子，以及造成不烈的暴徒，便都含糊过去。男子究竟较女性难惹，惩罚也比表彰为难。其间虽有过几个男人，实觉于心不安，说些室女①不应守志殉死的平和话，可是社会不听；再说下去，便要不容，与失节的女人一样看待。他便也只好变了"柔也"，不再开口了。所以节烈这事，到现在不生变革。

（此时，我应声明：现在鼓吹节烈派的里面，我颇有知道的人。敢说确有好人在内，居心也好。可是救世的方法是不对，要向西走到北了。但也不能因为他是好人，便竟能从正西直走到北。所以我又愿他回转身来。）

其次还有疑问：

节烈难么？答道，很难。男子都知道极难，所以要表彰他。社会的公意，向来以为贞淫与否，全在女性。男子虽然诱惑了女人，却不负责任。譬如甲男引诱乙女，乙女不允，便是贞节，死了，便是烈；甲男并无恶名，社会可算淳古〔chún gǔ，淳厚古朴〕。倘若乙女允了，便是失节；甲男也无恶名，可是世风被乙女败坏了！别的事情，也是如此。所以历史上亡国败家的原因，每每归咎女子。糊糊涂涂地代担全体的罪恶，已经三千多年了。男子既然不负责任，又不能自己反省，自然放心诱惑；文人著作，反将他传为美谈。所以女子身旁，几乎布满了危险。除却他自己的父兄丈夫以外，便都带点诱惑的鬼气。所以我说很难。

节烈苦么？答道，很苦。男子都知道很苦，所以要表彰他。凡人都想活；烈是必死，不必说了。节妇还要活着。精神上的惨苦，也姑且弗论。单是生活一层，已是大宗的痛楚。假使女子生计已能独立，社会也知道互助，一人还可勉强生存。不幸中国情

---

① 室女：未嫁的女子。

形,却正相反。所以有钱尚可,贫人便只能饿死。直到饿死以后,间或得了旌表,还要写入志书。所以各府各县志书传记类的末尾,也总有几卷"烈女"。一行一人,或是一行两人,赵钱孙李,可是从来无人翻读。就是一生崇拜节烈的道德大家,若问他贵县志书里烈女门的前十名是谁?也怕不能说出。其实他是生前死后,竟与社会漠不相关的。所以我说很苦。

照这样说,不节烈便不苦么?答道,也很苦。社会公意,不节烈的女人,既然是下品;她在这社会里,是容不住的。社会上多数古人模模糊糊传下来的道理,实在无理可讲;能用历史和数目的力量,挤死不合意的人。这一类无主名无意识的杀人团里,古来不晓得死了多少人物;节烈的女子,也就死在这里。不过他死后间有一回表彰,写入志书。不节烈的人,便生前也要受随便什么人的唾骂,无主名的虐待。所以我说也很苦。

女子自己愿意节烈么?答道,不愿。人类总有一种理想,一种希望。虽然高下不同,必须有个意义。自他两利固好,至少也得有益本身。节烈很难很苦,既不利人,又不利己。说是本人愿意,实在不合人情。所以假如遇着少年女人,诚心祝赞她将来节烈,一定发怒;或者还要受她父兄丈夫的尊拳。然而仍旧牢不可破,便是被这历史和数目的力量挤着。可是无论何人,都怕这节烈。怕他竟钉到自己和亲骨肉的身上。所以我说不愿。

我依据以上的事实和理由,要断定节烈这事是:极难、极苦,不愿身受,然而不利自他,无益社会国家,于人生将来又毫无意义的行为,现在已经失了存在的生命和价值。

临了还有一层疑问:

节烈这事,现代既然失了存在的生命和价值;节烈的女人,岂非白苦一番么?可以答他说:还有哀悼的价值。他们是可怜人;不幸上了历史和数目的无意识的圈套,做了无主名的牺牲。可以开一个追悼大会。

我们追悼了过去的人,还要发愿:要自己和别人,都纯洁聪明勇猛向上。要除去虚伪的脸谱。要除去世上害己害人的昏迷和强暴。

我们追悼了过去的人,还要发愿:要除去于人生毫无意义的苦痛。要除去制造并赏玩别人苦痛的昏迷和强暴。

我们还要发愿:要人类都受正当的幸福。

一九一八年七月。

*本篇最初发表于一九一八年八月北京《新青年》月刊第五卷第二号,署名唐俟。

我们现在怎样做父亲

我作这一篇文的本意,其实是想研究怎样改革家庭;又因为中国亲权重,父权更重,所以尤想对于从来认为神圣不可侵犯的父子问题,发表一点意见。总而言之:只是革命要革到老子身上罢了。但何以大模大样,用了这九个字的题目呢?这有两个理由:

第一,中国的"圣人之徒",最恨人动摇他的两样东西。一样不必说,也与我辈决不相干;一样便是他的伦常,我辈却不免偶然发几句议论,所以株连牵扯,很得了许多"铲伦常""禽兽行"之类的恶名。他们以为父对于子,有绝对的权力和威严;若是老子说话,当然无所不可,儿子有话,却在未说之前早已错了。但祖父子孙,本来个个都只是生命的桥梁的一级,决不是固定不易的。现在的子,便是将来的父,也便是将来的祖。我知道我辈和读者,若不是现任之父,也一定是候补之父,而且也都有做祖宗的希望,所差只在一个时间。为想省却许多麻烦起见,我们便该无须客气,尽可先行占住了上风,摆出父亲的尊严,谈谈我们和我们子女的事;不但将来着手实行,可以减少困难,在中国也顺理成章,免得"圣人之徒"听了害怕,总算是一举两得之至的事了。所以说,"我们怎样做父亲。"

第二,对于家庭问题,我在《新青年》的《随感录》(二五、四十、四九)中,曾经略略说及,总括大意,便只是从我们起,解放了后来的人。论到解放子女,本是极平常的事,当然不必有什么讨论。但中国的老年,中了旧习惯旧思想的毒太深了,决定悟不过来。譬如早晨听到乌鸦叫,少年毫不介意,迷信的老人,却总须颓唐半天。虽然很可怜,然而也无法可救。没有法,便只能先从觉醒的人开手,各自解放了自己的孩子。自己背着因袭的重担,肩住了黑暗的闸门,放他们到宽阔光明的地方去;此后幸福地度日,合理地做人。

还有,我曾经说,自己并非创作者,便在上海报纸的《新教训》里,挨了一顿骂。但我辈评论事情,总须先评论了自己,不要冒充,才能像一篇说话,对得起自己和别人。我自己知道,不特并非创作者,并且也不是真理的发现者。凡有所说所写,只是就平日见闻的事理里面,取了一点心以为然的道理;至于终极究竟的事,却不能知。便是对于数年以后的学说的进步和变迁,也说不出会到如何地步,单相信比现在总该还有进步还有变迁罢了。所以说,"我们现在怎样做父亲。"

我现在心以为然的道理,极其简单。便是依据生物界的现象,一、要保存生命;二、要延续这生命;三、要发展这生命(就是进化)。生物都这样做,父亲也就是这样做。

生命的价值和生命价值的高下,现在可以不论。单照常识判断,便知道既是生物,第一要紧的自然是生命。因为生物之所以为生物,全在有这生命,否则失了生物的意义。生物为保存生命起见,具有种种本能,最显著的是食欲。因有食欲才摄取食物,因有食物才发生温热,保存了生命。但生物的个体,总免不了老衰和死亡,为继续生命起见,又有一种本能,便是性欲。因性欲才有性交,因有性交才发生苗裔,继续了生命。所以食欲是保存自己,保存现在生命的事;性欲是保存后裔,保存永久生命的事。饮食并非罪恶,并非不净;性交也就并非罪恶,并非不净。饮食的结果,养活了自己,对于自己没有恩;性交的结果,生出子女,对于子女当然也算不了恩。——前前后后,都向生命的长途走去,仅有先后的不同,分不出谁受谁的恩典。

可惜的是中国的旧见解，竟与这道理完全相反。夫妇是"人伦之中"，却说是"人伦之始"；性交是常事，却以为不净；生育也是常事，却以为天大的大功。人人对于婚姻，大抵先夹带着不净的思想。亲戚朋友有许多戏谑，自己也有许多羞涩，直到生了孩子，还是躲躲闪闪，怕敢声明；独有对于孩子，却威严十足，这种行径，简直可以说和偷了钱发迹的财主，不相上下了。我并不是说——如他们攻击者所意想的——人类的性交也应如别种动物，随便举行；或如无耻流氓，专做些下流举动，自鸣得意。是说，此后觉醒的人，应该先洗净了东方固有的不净思想，再纯洁明白一些，了解夫妇是伴侣，是共同劳动者，又是新生命创造者的意义。所生的子女，固然是受领新生命的人，但他也不永久占领，将来还要交付子女，像他们的父母一般。只是前前后后，都做一个过付的经手人罢了。

生命何以必须继续呢？就是因为要发展，要进化。个体既然免不了死亡，进化又毫无止境，所以只能延续着，在这进化的路上走。走这路须有一种内的努力，有如单细胞动物有内的努力，积久才会繁复，无脊椎动物有内的努力，积久才会发生脊椎。所以后起的生命，总比以前的更有意义，更近完全，因此也更有价值，更可宝贵；前者的生命，应该牺牲于他。

但可惜的是中国的旧见解，又恰恰与这道理完全相反。本位应在幼者，却反在长者；置重应在将来，却反在过去。前者做了更前者的牺牲，自己无力生存，却苛责后者又来专做他的牺牲，毁灭了一切发展本身的能力。我也不是说——如他们攻击者所意想的——孙子理应终日痛打他的祖父，女儿必须时时咒骂他的亲娘。是说，此后觉醒的人，应该先洗净了东方古传的谬误思想，对于子女，义务思想须加多，而权力思想却大可切实核减，以准备改作幼者本位的道德。况且幼者受了权力，也并非永久占有，将来还要对于他们的幼者，仍尽义务，只是前前后后，都做一切过付的经手人罢了。

"父子间没有什么恩"这一个断语，实是招致"圣人之徒"面红耳赤的一大原因。他们的误点，便在长者本位与利己思想，权力思想很重，义务思想和责任心却很轻。以为父子关系，只须"父兮生我"一件事，幼者的全部，便应为长者所有。尤其堕落的，是因此责望报偿，以为幼者的全部，理该做长者的牺牲。殊不知自然界的安排，却件件与这要求反对，我们从古以来，逆天行事，于是人的能力，十分萎缩，社会的进步，也就跟着停顿。我们虽不能说停顿便要灭亡，但较之进步，总是停顿与灭亡的路相近。

自然界的安排，虽不免也有缺点，但结合长幼的方法，却并无错误。他并不用"恩"，却给予生物以一种天性，我们称他为"爱"。动物界中除了生子数目太多——爱不周到的如鱼类之外，总是挚爱他的幼子，不但绝无利益心情，甚或至于牺牲了自己，让他的将来的生命，去上那发展的长途。

人类也不外此，欧美家庭，大抵以幼者弱者为本位，便是最合于这生物学的真理的办法。便在中国，只要心思纯白，未曾经过"圣人之徒"作践的人，也都自然而然地能发现这一种天性。例如一个村妇哺乳婴儿的时候，决不想到自己正在施恩；一个农夫取妻的时候，也决不以为将要放债。只是有了子女，即天然相爱，愿他生存；更进一步地，便还要愿他比自己更好，就是进化。这离绝了交换关系利害关系的爱，便是人伦的索子，便是所谓"纲"。倘如旧说，抹杀了"爱"，一味说"恩"，又因此责望报偿，那便不但败坏了父子间的道德，而且也大反于做父母的实际的真情，播下乖剌的种子。有人做了乐府，说是"劝孝"，大意是什么"儿子上学堂，母亲在家磨杏仁，预备回来给他喝，你还不孝么"之类，自以为"拼命卫道"。殊不知富翁的杏酪和穷人的豆浆，在爱情上价值同等，而其价值却正在父母当时并无求报的心思;否则变成买卖行为,虽然喝了杏酪,也不异"人乳喂猪",无非要猪肉肥美,在人伦道德上,丝毫没有价值了。

所以我现在心以为然的,便只是"爱"。

无论何国何人,大都承认"爱己"是一件应当的事。这便是保存生命的要义,也就是继续生命的根基。因为将来的运命,早在现在决定,故父母的缺点,便是子孙灭亡的伏线,生命的危机。易卜生做的《群鬼》(有潘家洵〔xún,诚实,实在〕君译本,载在《新朝》一卷五号)虽然重在男女问题,但我们也可以看出遗传的可怕。欧士华本是要生活,能创作的人,因为父亲的不检,先天得了病毒,中途不能做人了。他又很爱母亲,不忍劳他服侍,便藏着吗啡,想待发作时候,由使女瑞琴帮他吃下,毒杀了自己;可是瑞琴走了。他于是只好托他母亲了。

欧:"母亲,现在应该你帮我的忙了。"

阿夫人:"我吗?"

欧:"谁能及得上你。"

阿夫人:"我!你的母亲!"

欧:"正为那个。"

阿夫人:"我,生你的人!"

欧:"我不曾教你生我。并且给我的是一种什么日子?我不要他!你拿回去罢!"

这一段描写,实在是我们做父亲的人应该震惊戒惧佩服的;决不能昧了良心,说儿子理应受罪。这种事情,中国也很多,只要在医院做事,便能时时看见先天梅毒性病儿的惨状;而且傲然地送来的,又大抵是他的父母。但可怕的遗传,并不只是梅毒,另外许多精神上体质上的缺点,也可以传之子孙,而且久而久之,连社会都蒙着影响。我们且不高谈人群,单为子女说,便可以说凡是不爱己的人,实在欠缺做父亲的资格。就令硬做了父亲,也不过如古代的草寇称王一般,万万算不了正统。将来学问发达,社会改造时，他们侥幸留下的苗裔，恐怕总不免要受善种学（Eugenics）①者的处置。

倘若现在父母并没有将什么精神上体质上的缺点交给子女，又不遇意外的事，子女便当然健康，总算已经达到了继续生命的目的。但父母的责任还没有完，因为生命虽然继续了，却是停顿不得，所以还须教这新生命去发展。凡动物较高等的，对于幼雏，除了养育保护以外，往往还教他们生存上必需的本领。例如飞禽便教飞翔，鸷兽便教搏击。人类更高几等，便也有愿意子孙更进一层的天性。这也是爱。上文所说的是对于现在，这是对于将来。只要思想未遭锢〔gù，禁闭〕蔽的人，谁也喜欢子女比自己更强，更健康，更聪明高尚——更幸福；就是超越了自己，超越了过去。超越便须改变，所以子孙对于祖先的事，应该改变，"三年无改于父之道可谓孝矣"，当然是曲说，是退婴的病根。假使古代的单细胞动物，也遵着这教训，那便永远不敢分裂繁复，世界上再也不会有人类了。

幸而这一类教训，虽然害过许多人，却还未能完全扫尽了一切人的天性。没有读过"圣贤书"的人，还能将这天性在名教的斧钺〔yuè，古代兵器，青铜制，像斧，但比斧大〕底下，时时流露，时时萌蘖；这便是中国人虽然凋落萎缩，却未灭绝的原因。

所以觉醒的人，此后应将这天性的爱，更加扩张，更加醇化；用无我的爱，自己牺牲于后起新人。开宗第一，便是理解。往昔的欧人对于孩子的误解，是以为成人的预备；中国人的误解是以为缩小的成人。直到近来，经过许多学者的研究，才知道孩子的世界，与成人截然不同；倘不先行理解，一味蛮做，便大碍于孩子的发达。所以一切设施，都应该以孩子为本位，日本近来，觉悟

---

① 善种学（Eugenics）：优生学，英国高尔顿在一八八三年提出的"改良人种"之学说。

的也很不少;对于儿童的设施,研究儿童的事业,都非常兴盛了。第二,便是指导。时势既有改变,生活也必须进化;所以后起的人物,一定尤异于前,决不能用同一模型,无理嵌定。长者须是指导者协商者,却不该是命令者。不但不该责幼者供奉自己;而且还须用全副精神,专为他们自己,养成他们有耐劳作的体力,纯洁高尚的道德,广博自由能容纳新潮流的精神,也就是能在世界新潮流中游泳,不被淹没的力量。第三,便是解放。子女是即我非我的人,但既已分立,也便是人类中的人,因为即我,所以更应该尽教育的义务,交给他们自立的能力;因为非我,所以也应同时解放,全部为他们自己所有,成一个独立的人。

这样,便是父母对于子女,应该健全的产生,尽力的教育,完全的解放。

但有人会怕,仿佛父母从此以后,一无所有,无聊至极了。这种空虚的恐怖和无聊的感想,也即从谬误的旧思想发生;倘明白了生物学的真理,自然便会消灭。但要做解放子女的父母,也应预备一种能力。便是自己虽然已经带着过去的色彩,却不失独立的本领和精神,有广博的趣味,高尚的娱乐。要幸福么?连你的将来的生命都幸福了。要"返老还童",要"老复丁"么?子女便是"复丁",都已独立而且更好了。这才是完了长者的任务,得了人生的慰安。倘若思想本领,样样照旧,专以"勃谿〔xī,同"溪"〕"为业,行辈自豪,那便自然免不了空虚无聊的苦痛。

或者又怕,解放之后,父子间要疏隔了。欧美的家庭,专制不及中国,早已大家知道;往者虽有人比之禽兽,现在却连"卫道"的圣徒,也曾替他们辩护,说并无"逆子叛弟"了。因此可知:唯其解放,所以相亲;唯其没有"拘挛"子弟的父兄,所以也没有反抗"拘挛"的"逆子叛弟"。若威逼利诱,便无论如何,决不能有"万年有道之长"。例便如我中国,汉有举孝,唐有孝悌力田科,清末也还有孝廉方正,都能换到官做。父恩谕之于先,皇恩施之于后，然而割股①的人物，究属寥寥。足可证明中国的旧学说旧手段，实在从古以来，并无良效，无非使坏人增长些虚伪，好人无端地多受些人我都无利益的苦痛罢了。

都有"爱"是真的。路粹引孔融说，"父之于子，当有何亲？论其本意，实为情欲发耳。子之于母，亦复奚为，譬如寄物瓶中，出则离矣。"（汉末的孔府上，很出过几个有特色的奇人，不像现在这般冷落，这话也许确是北海先生所说；只是攻击他的偏是路粹和曹操，叫人发笑罢了。）虽然也是一种对于旧说的打击，但实于事理不合。因为父母生了子女，同时又有天性的爱，这爱又很深广很长久，不会即离。现在世界没有大同，相爱还有差等，子女对于父母，也便最爱，最关切，不会即离。所以疏隔一层，不劳多虑。至于一种例外的人，或者非爱所能勾连。但若爱力尚且不能勾连，那便任凭什么"恩威，名分，天经，地义"之类，更是勾连不住。

或者又怕，解放之后，长者要吃苦了。这事可分两层：第一，中国的社会，虽说"道德好"，实际却太缺乏相爱相助的心思。便是"孝""烈"这类道德，也都是旁人毫不负责，一味收拾幼者弱者的方法。在这样社会中，不独老者难于生活，即解放的幼者，也难于生活。第二，中国的男女，大抵未老先衰，甚至不到二十岁，早已老态可掬，待到真实衰老，便更须别人扶持。所以我说，解放子女的父母，应该先有一番预备；而对于如此社会，尤应该改造，使他能适于合理的生活。许多人预备着，改造着，久而久之，自然可望实现了。单就别国的往时而言，斯宾塞②未曾结婚，不闻他侘傺〔chà chì，失意的样子〕无聊；瓦特早没有了子女，也居然"寿终正寝"，何况在将来，更何况有儿女的人呢？

① 割股：割取自己的大腿肉煎药，以医治父母的重病。
② 斯宾塞（H. Spencer，1820—1903）：英国哲学家。

或者又怕，解放之后，子女要吃苦了。这事也有两层，全如上文所说，不过一是因为老而无能，一是因为少不更事罢了。因此觉醒的人，愈觉有改造社会的任务。中国相传的成法，谬误很多：一种是锢闭，以为可以与社会隔离，不受影响，一种是教给他恶本领，以为如此才能在社会中生活。用这类方法的长者，虽然也含有继续生命的好意，但比照事理，却决定谬误。此外还有一种，是传授些周旋方法，教他们顺应社会。这与数年前讲"实用主义"的人，因为市上有假洋钱，便要在学校里遍教学生看洋钱的法子之类，同一错误。社会虽然不能不偶然顺应，但决不是正当办法。因为社会不良，恶现象便很多，势不能一一顺应；倘都顺应了，又违反了合理的生活，倒走了进化的路。所以根本方法，只有改良社会。

就实际上说，中国旧理想的家族关系父子关系之类，其实早已崩溃。这也非"于今为烈"，正是"在昔已然"。历来都竭力表彰"五世同堂"，便足见实际上同居的为难；拼命地劝孝，也足见事实上孝子的缺少。而其原因，便全在一意提倡虚伪道德，蔑视了真的人情。我们试一翻大族的家谱，便知道始迁祖宗，大抵是单身迁居，成家立业；一到聚族而居，家谱出版，却已在零落的中途了。况在将来，迷信破了，便没有哭竹，卧冰；医学发达了，也不必尝秽①，割股。又因为经济关系，结婚不得不迟，生育因此也迟，或者子女才能自存，父母已经衰老，不及依赖他们供养，事实上也就是父母反尽了义务。世界潮流逼拶着，这样做的可以生存，不然的便都衰落；无非觉醒者多，加些人力，便危机可望较少就是了。

但既如上言，中国家庭，实际久已崩溃，并不如"圣人之徒"

---

① 哭竹，三国时吴国孟宗的故事。卧冰，晋代王祥的故事。尝秽，南朝梁庾黔娄的故事。这三个故事都收在《二十四孝》中。

纸上的空谈，则何以至今依然如故，一无进步呢？这事很容易解答。第一，崩溃者自崩溃，纠缠者自纠缠，设立者又自设立；毫无戒心，也不想到改革，所以如故。第二，以前的家庭中间，本来常有勃谿①，到了新名词流行之后，便都改称"革命"，然而其实也仍是嫖钱至于相骂，要赌本至于相打之类，与觉醒者的改革，截然两途。这一类自称"革命"的勃谿子弟，纯属旧式，待到自己有了子女，也决不解放；或者毫不管理，或者反要寻出《孝经》②，勒令诵读，想他们"学于古训"，都做牺牲。这只能全归旧道德旧习惯旧方法负责，生物学的真理决不能妄任其咎。

既如上言，生物为要进化，应该继续生命，那便"不孝有三无后为大"，三妻四妾，也极合理了。这事也很容易解答。人类因为无后，绝了将来的生命，虽然不幸，但若用不正当的方法手段，苟延生命而害及人群，便该比一人无后，尤其"不孝"。因为现在的社会，一夫一妻制最为合理，而多妻主义，实能使人群堕落。堕落近于退化，与继续生命的目的，恰恰完全相反。无后只是灭绝了自己，退化状态的有后，便会毁到他人。人类总有些为他人牺牲自己的精神，而况生物自发生以来，交互关联，一人的血统，大抵总与他人有多少关系，不会完全灭绝。所以生物学的真理，绝非多妻主义的护符。

总而言之，觉醒的父母，完全应该是义务的，利他的，牺牲的，很不易做；而在中国尤不易做。中国觉醒的人，为想随顺长者解放幼者，便须一面清结旧账，一面开辟新路。就是开首所说的"自己背着因袭的重担，肩住了黑暗的闸门，放他们到宽阔光明的地方去；此后幸福地度日，合理地做人。"这是一件极伟大的要紧的事，也是一件极困苦艰难的事。

① 勃谿：指婆媳争吵。
② 《孝经》：儒家经典之一，共十八章，孔门后学所述。

但世间又有一类长者，不但不肯解放子女，并且不准子女解放他们自己的子女；就是并要孙子曾孙都做无谓的牺牲。这也是一个问题；而我是愿意平和的人，所以对于这问题，现在不能解答。

一九一九年十月。

　　＊本篇最初发表于一九一九年十一月《新青年》月刊第六卷第六号，署名唐俟。

娜拉走后怎样

——一九二三年十二月二十六日在北京女子
高等师范学校文艺会讲

我今天要讲的是"娜拉走后怎样?"

伊孛生①是十九世纪后半的瑙威的一个文人。他的著作,除了几十首诗之外,其余都是剧本。这些剧本里面,有一时期是大抵含有社会问题的,世间也称作"社会剧",其中有一篇就是《娜拉》

《娜拉》一名 *Ein Puppenheim*,中国译作《傀儡家庭》。但Puppe 不单是牵线的傀儡,孩子抱着玩的人形也是;引申开去,别人怎么指挥,他便怎么做的人也是。娜拉当初是满足地生活在所谓幸福的家庭里的,但是她竟觉悟了:自己是丈夫的傀儡,孩子们又是她的傀儡。她于是走了,只听得关门声,接着就是闭幕。这想来大家都知道,不必细说了。

娜拉要怎样才不走呢? 或者说伊孛生自己有解答,就是 *Die Frau vom Meer*,《海的女人》,中国有人译作《海上夫人》的。这女人是已经结婚的了,然而先前有一个爱人在海的彼岸,一日突然寻来,叫她一同去。她便告知她的丈夫,要和那外来人会面。临末,她的丈夫说,"现在放你完全自由。(走与不走)你能够自己选择,并且还要自己负责任"。于是什么事全都改变,她就不走了。这样看来,娜拉倘也得到这样的自由,或者也便可以安住。

---

① 伊孛生:今译易卜生(1828—1906),挪威戏剧家。

但娜拉毕竟是走了的。走了以后怎样？伊孛生并无解答；而且他已经死了。即使不死，他也不负解答的责任。因为伊孛生是在做诗，不是为社会提出问题来而且代为解答。就如黄莺一样，因为它自己要歌唱，所以它歌唱，不是要唱给人们听得有趣，有益。伊孛生是很不通世故的，相传在许多妇女们一同招待他的筵宴上，代表者起来致谢他做了《傀儡家庭》，将女性的自觉，解放这些事，给人心以新的启示的时候，他却答道，"我写那篇却并不是这意思，我不过是做诗。"

娜拉走后怎样？——别人可是也发表过意见的。一个英国人曾做一篇戏剧，说一个新式的女子走出家庭，再也没有路走，终于堕落，进了妓院了。还有一个中国人——我称他什么呢？上海的文学家罢——说他所见的《娜拉》是和现译本不同，娜拉终于回来了。这样的本子可惜没有第二人看见，除非是伊孛生自己寄给他的。但从事理上推想起来，娜拉或者也实在只有两条路：不是堕落，就是回来。因为如果是一匹小鸟，则笼子里固然不自由，而一出笼门，外面便又有鹰，有猫，以及别的什么东西之类；倘使已经关得麻痹了翅子，忘却了飞翔，也诚然是无路可以走。还有一条，就是饿死了，但饿死已经离开了生活，更无所谓问题，所以也不是什么路。

人生最苦痛的是梦醒了无路可以走。做梦的人是幸福的；倘没有看出可走的路，最要紧的是不要去惊醒他。你看，唐朝的诗人李贺，不是困顿了一世的么？而他临死的时候，却对他的母亲说，"阿妈，上帝造成了白玉楼，叫我做文章落成去了。"这岂非明明是一个诳，一个梦？然而一个小的和一个老的，一个死的和一个活的，死的高兴地死去，活的放心地活着。说诳和做梦，在这些时候便见得伟大。所以我想，假使寻不出路，我们所要的倒是梦。

但是,万不可做将来的梦。阿尔志跋绥夫①曾经借了他所做的小说,质问过梦想将来的黄金世界的理想家,因为要造那世界,先唤起许多人们来受苦。他说,"你们将黄金世界预约给他们的子孙了,可是有什么给他们自己呢?"有是有的,就是将来的希望。但代价也太大了,为了这希望,要使人练敏了感觉来更深切地感到自己的苦痛,叫起灵魂来目睹他自己的腐烂的尸骸。唯有说谎和做梦,这些时候便见得伟大。所以我想,假使寻不出路,我们所要的就是梦;但不要将来的梦,只要目前的梦。

然而娜拉既然醒了,是很不容易回到梦境的,因此只得走;可是走了以后,有时却也免不掉堕落或回来。否则,就得问:她除了觉醒的心以外,还带了什么去? 倘只有一条像诸君一样的紫红的绒绳的围巾,那可是无论宽到二尺或三尺,也完全是不中用。她还须更富有,提包里有准备,直白地说,就是要有钱。

梦是好的;否则,钱是要紧的。

钱这个字很难听,或者要被高尚的君子们所非笑,但我总觉得人们的议论是不但昨天和今天,即使饭前和饭后,也往往有些差别。凡承认饭需钱买,而以说钱为卑鄙者,倘能按一按他的胃,那里面怕总还有鱼肉没有消化完,须得饿他一天之后,再来听他发议论。

所以为娜拉计,钱——高雅的说罢,就是经济,是最要紧的了。自由固不是钱所能买到的,但能够为钱而卖掉。人类有一个大缺点,就是常常要饥饿。为补救这缺点起见,为准备不做傀儡起见,在目下的社会里,经济权就见得最要紧了。第一,在家应该先获得男女平均的分配;第二,在社会应该获得男女相等的势力。可惜我不知道这权柄如何取得,单知道仍然要战斗;或者也许比要求参政权更要用剧烈的战斗。

要求经济权固然是很平凡的事,然而也许比要求高尚的参

① 阿尔志跋绥夫(М. П. Арцьбащев,1878—1927):俄国小说家。

政权以及博大的女子解放之类更繁难。天下事尽有小作为比大作为更繁难的。譬如现在似的冬天，我们只有这一件棉袄，然而必须救助一个将要冻死的苦人，否则便须坐在菩提树下冥想普度一切人类的方法去。普度一切人类和救活一人，大小实在相去太远了，然而倘叫我挑选，我就立刻到菩提树下去坐着，因为免得脱下唯一的棉袄来冻杀自己。所以在家里说要参政权，是不至于大遭反对的，一说到经济的平匀分配，或不免面前就遇见敌人，这就当然要有剧烈的战斗。

战斗不算好事情，我们也不能责成人人都是战士，那么，平和的方法也就可贵了，这就是将来利用了亲权来解放自己的子女。中国的亲权是无上的，那时候，就可以将财产平均地分配子女们，使他们平和而没有冲突地都得到相等的经济权，此后或者去读书，或者去生发，或者为自己去享用，或者为社会去做事，或者去花完，都请便，自己负责任。这虽然也是颇远的梦，可是比黄金世界的梦近得不少了。但第一需要记性。记性不佳，是有益于己而有害于子孙的。人们因为能忘却，所以自己能渐渐地脱离了受过的苦痛，也因为能忘却，所以往往照样地再犯前人的错误。被虐待的儿媳做了婆婆，仍然虐待儿媳；嫌恶学生的官吏，每是先前痛骂官吏的学生；现在压迫子女的，有时也就是十年前的家庭革命者。这也许与年龄和地位都有关系罢，但记性不佳也是一个很大的原因。救济法就是各人去买一本 note book 来，将自己现在的思想举动都记上，作为将来年龄和地位都改变了之后的参考。假如憎恶孩子要到公园去的时候，取来一翻，看见上面有一条道，"我想到中央公园去，"那就即刻心平气和了。别的事也一样。

世间有一种无赖精神，那要义就是韧性。听说拳匪乱①后，天津的青皮，就是所谓无赖者很跋扈，譬如给人搬一件行李，他

---

① 拳匪乱：指一九○○年爆发的义和团运动。

41

坟

就要两元,对他说这行李小,他说要两元,对他说道路近,他说要两元,对他说不要搬了,他说也仍然要两元。青皮固然是不足为法的,而那韧性却大可以佩服。要求经济权也一样,有人说这事情太陈腐了,就答到要经济权;说是太卑鄙了,就答到要经济权;说是经济制度就要改变了,用不着再操心,也仍然答到要经济权。

其实,在现在,一个娜拉的出走,或者也许不至于感到困难的,因为这人物很特别,举动也新鲜,能得到若干人们的同情,帮助着生活。生活在人们的同情之下,已经是不自由了,然而倘有一百个娜拉出走,便连同情也减少,有一千一万个出走,就得到厌恶了,断不如自己握着经济权之为可靠。

在经济方面得到自由,就不是傀儡了么?也还是傀儡。无非被人所牵的事可以减少,而自己能牵的傀儡可以增多罢了。因为在现在的社会里,不但女人常做男人的傀儡,就是男人和男人,女人和女人,也相互地做傀儡,男人也常做女人的傀儡,这决不是几个女人取得经济权所能救的。但人不能饿着静候理想世界的到来,至少也得留一点残喘,正如涸辙之鲋〔fù,即"鲫鱼"〕,急谋升斗之水一样,就要这较为切近的经济权,一面再想别的法。

如果经济制度竟改革了,那上文当然完全是废话。

然而上文,是又将娜拉当作一个普通的人物而说的,假使她很特别,自己情愿闯出去做牺牲,那就又另是一回事。我们无权去劝诱人做牺牲,也无权去阻止人做牺牲。况且世上也尽有乐于牺牲,乐于受苦的人物。欧洲有一个传说,耶稣去钉十字架时,休息在 Ahasvar① 的檐下,Ahasvar 不准他,于是背了咒诅,使他永世不得休息,直到末日裁判的时候。Ahasvar 从此就歇不下,只是走,现在还在走。走是苦的,安息是乐的,他何以不安息

---

① Ahasvar:今译阿哈斯瓦尔,是欧洲传说中的一个补鞋匠,因触犯了耶稣,只能背着诅咒不停流浪,被称作"流浪的犹太人"。

呢？虽说背着咒诅，可是大约总该是觉得走比安息还适意，所以始终狂走的罢。

只是这牺牲的适意是属于自己的，与志士们之所谓为社会者无涉。群众，——尤其是中国的，——永远是戏剧的看客。牺牲上场，如果显得慷慨，他们就看了悲壮剧；如果显得觳觫〔hú sù，恐惧颤抖的样子〕，他们就看了滑稽剧。北京的羊肉铺前常有几个人张着嘴看剥羊，仿佛颇愉快，人的牺牲能给予他们的益处，也不过如此。而况事后走不几步，他们并这一点愉快也就忘却了。

对于这样的群众没有法，只好使他们无戏可看倒是疗救，正无须乎震骇一时的牺牲，不如深沉的韧性的战斗。

可惜中国太难改变了，即使搬动一张桌子，改装一个火炉，几乎也要血；而且即使有了血，也未必一定能搬动，能改装。不是很大的鞭子打在背上，中国自己是不肯动弹的。我想这鞭子总要来，好坏是别一问题，然而总要打到的。但是从哪里来，怎么地来，我也是不能确切地知道。

我这讲演也就此完结了。

*本篇最初发表于一九二四年北京女子高等师范学校《文艺会刊》第六期。

未有天才之前

——一九二四年一月十七日在北京
师范大学附属中学校友会讲

我自己觉得我的讲话不能使诸君有益或者有趣，因为我实在不知道什么事，但推托拖延得太长久了，所以终于不能不到这里来说几句。

我看现在许多人对于文艺界的要求的呼声之中，要求天才的产生也可以算是很盛大的了，这显然可以反证两件事：一是中国现在没有一个天才，二是大家对于现在的艺术的厌薄。天才究竟有没有？也许有着罢，然而我们和别人都没有见。倘使据了见闻，就可以说没有；不但天才，还有使天才得以生长的民众。

天才并不是自生自长在深林荒野里的怪物，是由可以使天才生长的民众产生，长育出来的，所以没有这种民众，就没有天才。有一回拿破仑过 Alps 山①，说，"我比 Alps 山还要高！"这何等英伟，然而不要忘记他后面跟着许多兵；倘没有兵，那只有被山那面的敌人捉住或者赶回，他的举动，言语，都离了英雄的界限，要归入疯子一类了。所以我想，在要求天才的产生之前，应该先要求可以使天才生长的民众——譬如想有乔木，想看好花，一定要有好土；没有土，便没有花木了；所以土实在较花木还重要。花木非有土不可，正同拿破仑非有好兵不可一样。

然而现在社会上的论调和趋势，一面固然要求天才，一面却要他灭亡，连预备的土也想扫尽。举出几样来说：

———————————

① Alps 山：阿尔卑斯山。

其一就是"整理国故"①。自从新思潮来到中国以后,其实何尝有力,而一群老头子,还有少年,却已丧魂失魄地来讲国故了,他们说,"中国自有许多好东西,都不整理保存,倒去求新,正如放弃祖宗遗产一样不肖。"抬出祖宗来说法,那自然是极威严的,然而我总不信在旧马褂未曾洗净叠好之前,便不能做一件新马褂。就现状而言,做事本来还随个人的自便,老先生要整理国故,当然不妨去埋在南窗下读死书,至于青年,却自有他们的活学问和新艺术,各干各事,也还没有大妨害的,但若拿了这面旗子来号召,那就是要中国永远与世界隔绝了。倘以为大家非此不可,那更是荒谬绝伦!我们和古董商人谈天,他自然总称赞他的古董如何好,然而他决不痛骂画家、农夫、工匠等类,说是忘记了祖宗:他实在比许多国学家聪明得远。

其一是"崇拜创作"。从表面上看来,似乎这和要求天才的步调很相合,其实不然。那精神中,很含有排斥外来思想,异域情调的分子,所以也就是可以使中国和世界潮流隔绝的。许多人对于托尔斯泰,都介涅夫②、陀思妥夫斯奇的名字,已经厌听了,然而他们的著作,有什么译到中国来?眼光囿在一国里,听谈彼得和约翰就生厌,定须张三李四才行,于是创作家出来了,从实说,好的也离不了剽取点外国作品的技术和神情,文笔或者漂亮,思想往往赶不上翻译品,甚者还要加上些传统思想,使他适合于中国人的老脾气,而读者却已为他所牢笼了,于是眼界便渐渐地狭小,几乎要缩进旧圈套里去。作者和读者互相为因果,排斥异流,抬上国粹,哪里会有天才产生?即使产生了,也是活不下去的。

这样的风气的民众是灰尘,不是泥土,在他这里长不出好花和乔木来!

---

① 整理国故:胡适所提出的一种主张。
② 都介涅夫:今译屠格涅夫(И. С. Тургенев,1818—1883),俄国作家。

还有一样是恶意的批评。大家的要求批评家的出现，也由来已久了，到目下就出了许多批评家。可惜他们之中很有不少是不平家，不像批评家，作品才到面前，便恨恨地磨墨，立刻写出很高明的结论道，"唉，幼稚得很。中国要天才！"到后来，连并非批评家也这样叫喊了，他是听来的。其实即使天才，在生下来的时候的第一声啼哭，也和平常的儿童的一样，决不会就是一首好诗。因为幼稚，当头加以戕贼，也可以萎死的。我亲见几个作者，都被他们骂得寒噤了。那些作者大约自然不是天才，然而我的希望是便是常人也留着。

恶意的批评家在嫩苗的地上驰马，那当然是十分快意的事；然而遭殃的是嫩苗——平常的苗和天才的苗。幼稚对于老成，有如孩子对于老人，决没有什么耻辱；作品也一样，起初幼稚，不算耻辱的。因为倘不遭了戕贼，他就会生长、成熟，老成；独有老衰和腐败，倒是无药可救的事！我以为幼稚的人，或者老大的人，如有幼稚的心，就说幼稚的话，只为自己要说而说，说出之后，至多到印出之后，自己的事就完了，对于无论打着什么旗子的批评，都可以置之不理的！

就是在座的诸君，料来也十之九愿有天才的产生罢，然而情形是这样，不但产生天才难，单是有培养天才的泥土也难。我想，天才大半是天赋的；独有这培养天才的泥土，似乎大家都可以做。做土的功效，比要求天才还切近；否则，纵有成千成百的天才，也因为没有泥土，不能发达，要像一碟子绿豆芽。

做土要扩大了精神，就是收纳新潮，脱离旧套，能够容纳，了解那将来产生的天才；又要不怕做小事业，就是能创作的自然是创作，否则翻译、介绍、欣赏、读、看、消闲都可以。以文艺来消闲，说来似乎有些可笑，但究竟较胜于戕贼他。

泥土和天才比，当然是不足齿数的，然而不是坚苦卓绝者，也怕不容易做；不过事在人为，比空等天赋的天才有把握。这一点，是泥土的伟大的地方，也是反有大希望的地方。而且也有报酬,譬如好花从泥土里出来,看的人固然欣然地赏鉴,泥土也可以欣然地赏鉴,正不必花卉自身,这才心旷神怡的——假如当作泥土也有灵魂的说。

　　*本篇最初发表于一九二四年北京师范大学附属中学《校友会刊》第一期。

论雷峰塔的倒掉

听说,杭州西湖上的雷峰塔①倒掉了,听说而已,我没有亲见。但我却见过未倒的雷峰塔,破破烂烂地映掩于湖光山色之间,落山的太阳照着这些四近的地方,就是"雷峰夕照",西湖十景之一。"雷峰夕照"的真景我也见过,并不见佳,我以为。

然而一切西湖胜迹的名目之中,我知道得最早的却是这雷峰塔。我的祖母曾经常常对我说,白蛇娘娘就被压在这塔底下!有个叫作许仙的人救了两条蛇,一青一白,后来白蛇便化作女人来报恩,嫁给许仙了;青蛇化作丫鬟,也跟着。一个和尚,法海禅师,得道的禅师,看见许仙脸上有妖气——凡讨妖怪做老婆的人,脸上就有妖气的,但只有非凡的人才看得出——便将他藏在金山寺的法座后,白蛇娘娘来寻夫,于是就"水满金山"。我的祖母讲起来还要有趣得多,大约是出于一部弹词叫作《义妖传》②里的,但我没有看过这部书,所以也不知道"许仙""法海"究竟是否这样写。总而言之,白蛇娘娘终于中了法海的计策,被装在一个小小的钵盂里了。钵盂埋在地里,上面还造起一座镇压的塔来,这就是雷峰塔。此后似乎事情还很多,如"白状元祭塔"之类,但我现在都忘记了。

---

① 雷峰塔:在杭州西湖净慈寺前面名为雷峰的小山上,故名。于一九二四年九月二十五日倒塌。

② 《义妖传》:清代陈遇乾所撰弹词,记叙白蛇传神话故事。

那时我唯一的希望,就在这雷峰塔的倒掉。后来我长大了,到杭州,看见这破破烂烂的塔,心里就不舒服。后来我看看书,说杭州人又叫这塔作保叔塔,其实应该写作"保俶〔chù,开始〕塔",是钱王的儿子造的。那么,里面当然没有白蛇娘娘了,然而我心里仍然不舒服,仍然希望他倒掉。

现在,他居然倒掉了,则普天之下的人民,其欣喜为何如?

这是有事实可证的。试到吴越的山间海滨,探听民意去。凡有田夫野老,蚕妇村氓,除了几个脑髓里有点贵恙的之外,可有谁不为白娘娘抱不平,不怪法海太多事的?

和尚本应该只管自己念经。白蛇自迷许仙,许仙自娶妖怪,和别人有什么相干呢?他偏要放下经卷,横来招是搬非,大约是怀着嫉妒罢——那简直是一定的。

听说,后来玉皇大帝也就怪法海多事,以致荼毒生灵,想要拿办他了。他逃来逃去,终于逃在蟹壳里避祸,不敢再出来,到现在还如此。我对于玉皇大帝所做的事,腹诽的非常多,独于这一件却很满意,因为"水满金山"一案,的确应该由法海负责;他实在办得很不错。只可惜我那时没有打听这话的出处,或者不在《义妖传》中,却是民间的传说罢。

秋高稻熟时节,吴越间所多的是螃蟹,煮到通红之后,无论取哪一只,揭开背壳来,里面就有黄,有膏;倘是雌的,就有石榴籽一般鲜红的子。先将这些吃完,即一定露出一个圆锥形的薄膜,再用小刀小心地沿着锥底切下,取出,翻转,使里面向外,只要不破,便变成一个罗汉模样的东西,有头脸,身子,是坐着的,我们那里的小孩子都称他"蟹和尚",就是躲在里面避难的法海。

当初,白蛇娘娘压在塔底下,法海禅师躲在蟹壳里。现在却只有这位老禅师独自静坐了,非到螃蟹断种的那一天为止出不

坟

来。莫非他造塔的时候,竟没有想到塔是终究要倒的么?

活该。

一九二四年十月二十八日。

*本篇最初发表于一九二四年十一月十七日北京《语丝》周刊第
一期。

说　胡　须

　　今年夏天游了一回长安，一个多月之后，糊里糊涂地回来了。知道的朋友便问我："你以为那边怎样？"我这才栗然地回想长安，记得看见很多的白杨，很大的石榴树，道中喝了不少的黄河水。然而这些又有什么可谈呢？我于是说："没有什么怎样。"他于是废然①而去了，我仍旧废然而住，自愧无以对"不耻下问"的朋友们。

　　今天喝茶之后，便看书，书上沾了一点水，我知道上唇的胡须又长起来了。假如翻一翻《康熙字典》，上唇的、下唇的、颊旁的、下巴上的各种胡须，大约都有特别的名号谥法②的罢，然而我没有这样闲情别致。总之是这胡子又长起来了，我又要照例地剪短它，先免得沾汤带水。于是寻出镜子、剪刀，动手就剪，其目的是在使它和上唇的上缘平齐，成一个隶书的一字。

　　我一面剪，一面却忽而记起长安，记起我的青年时代，发出连绵不断的感慨来。长安的事，已经不很记得清楚了，大约确乎是游历孔庙的时候，其中有一间房子，挂着许多印画，有李二曲③像，有历代帝王像，其中有一张是宋太祖或是什么宗，我也记不清楚了，总之是穿一件长袍，而胡子向上翘起的。于是一位名士就毅然决然地说："这都是日本人假造的，你看这胡子就是日本式的胡子。"

---

　　①　废然：消极失望的样子。
　　②　谥法：即称号。
　　③　李二曲：李颙(1627—1705)，字中孚，号二曲。清代学者。

诚然,他们的胡子确乎如此翘上,他们也未必不假造宋太祖或什么宗的画像,但假造中国皇帝的肖像而必须对了镜子,以自己的胡子为法式,则其手段和思想之离奇,真可谓"出乎意表之外"了。清乾隆中,黄易①掘出汉武梁祠石刻画像来,男子的胡须多翘上;我们现在所见北魏至唐的佛教造像中的信士像,凡有胡子的也多翘上,直到元明的画像,则胡子大抵受了地心的吸力作用,向下面拖下去了。日本人何其不惮烦,孳孳汲汲②地造了这许多从汉到唐的假古董,来埋在中国的齐鲁燕晋秦陇巴蜀的深山邃谷废墟荒地里?

我以为拖下的胡子倒是蒙古式,是蒙古人带来的,然而我们的聪明的名士却当作国粹了。留学日本的学生因为恨日本,便神往于大元,说道"那时倘非天幸,这岛国早被我们灭掉了!"则认拖下的胡子为国粹亦无不可。然而又何以是黄帝的子孙?又何以说台湾人在福建打中国人是奴隶根性?

我当时就想争辩,但我即刻又不想争辩了。留学德国的爱国者X君——因为我忘记了他的名字,姑且以X代之——不是说我的毁谤中国,是因为娶了日本女人,所以替他们宣传本国的坏处么?我先前不过单举几样中国的缺点,尚且要带累"贱内"改了国籍,何况现在是有关日本的问题?好在即使宋太祖或什么宗的胡子蒙些不白之冤,也不至于就有洪水,就有地震,有什么大相干。我于是连连点头,说道:"嗡,嗡,对啦。"因为我实在比先前似乎油滑得多了——好了。

我剪下自己的胡子的左尖端毕,想,陕西人费心劳力,备饭花钱,用汽车载,用船装,用骡车拉,用自动车装,请到长安去讲演,大约万料不到我是一个虽对于决无杀身之祸的小事情,也不肯直抒自己的意见,只会"嗡,嗡,对啦"的罢。他们简直是受了

---

① 黄易(1744—1802):清篆刻家、书画家。
② 孳孳汲汲:孳孳,同"孜孜",勤勉努力。汲汲,急切的样子。

骗了。

我再向着镜中的自己的脸，看定右嘴角，剪下胡子的右尖端，撒在地上，想起我的青年时代来——

那已经是老话，约有十六七年了罢。

我就从日本回到故乡来，嘴上就留着宋太祖或什么宗似的向上翘起的胡子，坐在小船里，和船夫谈天。

"先生，你的中国话说得真好。"后来，他说。

"我是中国人，而且和你是同乡，怎么会……"

"哈哈哈，你这位先生还会说笑话。"

记得我那时的没奈何，确乎比看见 X 君的通信要超过十倍。我那时随身并没有带着家谱，确乎不能证明我是中国人。即使带着家谱，而上面只有一个名字，并无画像，也不能证明这名字就是我。即使有画像，日本人会假造从汉到唐的石刻，宋太祖或什么宗的画像，难道偏不会假造一部木版的家谱么？

凡对于以真话为笑话的，以笑话为真话的，以笑话为笑话的，只有一个方法：就是不说话。

于是我从此不说话。

然而，倘使在现在，我大约还要说："嗡，嗡，……今天天气多么好呀？……那边的村子叫什么名字？……"因为我实在比先前似乎油滑得多了——好了。

现在我想，船夫的改变我的国籍，大概和 X 君的高见不同。其原因只在于胡子罢，因为我从此常常为胡子受苦。

国度会亡，国粹家是不会少的，而只要国粹家不少，这国度就不算亡。国粹家者，保存国粹者也；而国粹者，我的胡子是也。这虽然不知道是什么"逻辑"法，但当时的实情确是如此的。

"你怎么学日本人的样子，身体既矮小，胡子又这样，……"一位国粹家兼爱国者发过一篇崇论宏议之后，就达到这一个结论。

可惜我那时还是一个不识世故的少年，所以就愤愤地争辩。

第一，我的身体是本来只有这样高，并非故意设法用什么洋鬼子的机器压缩，使他变成矮小，希图冒充。第二，我的胡子，诚然和许多日本人的相同，然而我虽然没有研究过他们的胡须样式变迁史，但曾经见过几幅古人的画像，都不向上，只是向外，向下，和我们的国粹差不多。维新以后，可是翘起来了，那大约是学了德国式。你看威廉皇帝①的胡须，不是上指眼梢，和鼻梁正作平行么？虽然他后来因为吸烟烧了一边，只好将两边都剪平了。但在日本明治维新的时候，他这一边还没有失火。……

这一场辩解大约要两分钟，可是总不能解国粹家之怒，因为德国也是洋鬼子，而况我的身体又矮小乎。而况国粹家很不少，意见又很统一，因此我的辩解也就很频繁，然而总无效，一回，两回，以至十回，十几回，连我自己也觉得无聊而且麻烦起来了。罢了，况且修饰胡须用的胶油在中国也难得，我便从此听其自然了。

听其自然之后，胡子的两端就显出毗心现象来，于是也就和地面成为九十度的直角。国粹家果然也不再说话，或者中国已经得救了罢。

然而接着就招了改革家的反感，这也是应该的。我于是又分疏，一回，两回，以至许多回，连我自己也觉得无聊而且麻烦起来了。

大约在四五年或七八年前罢，我独坐在会馆里，窃悲我的胡须的不幸的境遇，研究它所以得谤的原因，忽而恍然大悟，知道那祸根全在两边的尖端上。于是取出镜子、剪刀，即刻剪成一平，使它既不上翘，也难拖下，如一个隶书的一字。

"阿，你的胡子这样了？"当初也曾有人这样问。

"唔唔，我的胡子这样了。"

他可是没有话。我不知道是否因为寻不着两个尖端，所以

---

① 威廉皇帝：此处指普鲁士王国国王和德意志帝国皇帝威廉二世（1859—1941），一八八八年至一九一八年在位。

失了立论的根据,还是我的胡子"这样"之后,就不负中国存亡的责任了。总之我从此太平无事地一直到现在,所麻烦者,必须时常剪剪而已。

一九二四年十月三十日。

＊本篇最初发表于一九二四年十二月十五日《语丝》周刊第五期。

论照相之类

一　材料之类

　　我幼小时候,在 S 城①——所谓幼小时候者,是三十年前,但从进步神速的英才看来,就是一世纪;所谓 S 城者,我不说它的真名字,何以不说之故,也不说。总之,是在 S 城,常常旁听大大小小男男女女谈论洋鬼子挖眼睛。曾有一个女人,原在洋鬼子家里佣工,后来出来了,据说她所以出来的原因,就因为亲见一坛盐渍的眼睛,小鲫鱼似的一层一层积叠着,快要和坛沿齐平了。她为远避危险起见,所以赶紧走。

　　S 城有一种习惯,就是凡是小康之家,到冬天一定用盐来腌一缸白菜,以供一年之需,其用意是否和四川的榨菜相同,我不知道。但洋鬼子之腌眼睛,则用意当然别有所在,唯独方法却大受了 S 城腌白菜法的影响,相传中国对外富于同化力,这也就是一个证据罢。然而状如小鲫鱼者何? 答曰:此确为 S 城人之眼睛也。S 城庙宇中常有一种菩萨,号曰眼光娘娘。有眼病的,可以去求祷;愈,则用布或绸做眼睛一对,挂神龛上或左右,以答神庥〔xiū,庇荫,保护〕。所以只要看所挂眼睛的多少,就知道这菩萨的灵不灵。而所挂的眼睛,则正是两头尖尖,如小鲫鱼,要寻一对和洋鬼子生理图上所画似的圆球形者,决不可得。黄帝岐

---

① S 城:指绍兴。

伯①尚矣;王莽诛翟义党②,分解肢体,令医生们察看,曾否绘图不可知,纵使绘过,现在已佚,徒令"古已有之"而已。宋的《析骨分经》③,相传也据目验,《说郛》④中有之,我曾看过它,多是胡说,大约是假的。否则,目验尚且如此糊涂,则 S 城人之将眼睛理想化为小鲫鱼,实也无足深怪了。

然而洋鬼子是吃腌眼睛来代腌菜的么?是不然,据说是应用的。一、用于电线,这是根据别一个乡下人的话,如何用法,他没有谈,但云用于电线罢了;至于电线的用意,他却说过,就是每年加添铁丝,将来鬼兵到时,使中国人无处逃走。二、用于照相,则道理分明,不必多赘,因为我们只要和别人对立,他的瞳子里一定有我的一个小照相的。

而且洋鬼子又挖心肝,那用意,也是应用。我曾旁听过一位念佛的老太太说明理由:他们挖了去,熬成油,点了灯,向地下各处去照去。人心总是贪财的,所以照到埋着宝贝的地方,火头便弯下去了。他们当即掘开来,取了宝贝去,所以洋鬼子都这样的有钱。

道学先生之所谓"万物旨备于我"的事,其实是全国,至少是 S 城的"目不识丁"的人们都知道,所以人为"万物之灵"。所以月经精液可以延年,毛发爪甲可以补血,大小便可以医许多病,臂膊上的肉可以养亲。然而这并非本论的范围,现在姑且不说。况且 S 城人极重体面,有许多事不许说;否则,就要用阴谋来惩治的。

---

① 黄帝岐伯:此处指《黄帝内经》。
② 王莽诛翟义党:西汉末年王莽篡权时,东郡太守翟义等人起兵讨伐,兵败后悉被杀。
③ 《析骨分经》:明人宁一玉撰,文中说为"宋",有误。
④ 《说郛》:元代陶宗仪所编纂的笔记丛书。辑录汉至元各种笔记数百种,经史诸子、诗话文论也有收录。

二　形式之类

要之,照相似乎是妖术。咸丰年间,或一省里,还有因为能照相而家产被乡下人捣毁的事情。但当我幼小的时候,——即三十年前,S城却已有照相馆了,大家也不甚疑惧。虽然当闹"义和拳民"时——即二十五年前,或一省里,还以罐头牛肉当作洋鬼子所杀的中国孩子的肉看。然而这是例外,万事万物,总不免有例外的。

要之,S城早有照相馆了,这是我每一经过,总须流连赏玩的地方,但一年中也不过经过四五回。大小长短不同颜色不同的玻璃瓶,又光滑又有刺的仙人掌,在我都是珍奇的物事;还有挂在壁上的框子里的照片:曾大人、李大人、左中堂、鲍军门。一个族中的好心的长辈,曾经借此来教育我,说这许多都是当今的大官,平"长毛"①的功臣,你应该学学他们。我那时也很愿意学,然而想,也须赶快仍复有"长毛"。

但是,S城人却似乎不甚爱照相,因为精神要被照去的,所以运气正好的时候,尤不宜照,而精神则一名"威光":我当时所知道的只有这一点。直到近年来,才又听到世上有因为怕失了元气而永不洗澡的名士,元气大约就是威光罢,那么,我所知道的就更多了:中国人的精神一名威光即元气,是照得去,洗得下的。

然而虽然不多,那时却又确有光顾照相的人们,我也不明白是什么人物,或者运气不好之徒,或者是新党罢。只是半身像是大抵避忌的,因为像腰斩。自然,清朝是已经废去腰斩的了,但我们还能在戏文上看见包爷爷的铡包勉,一刀两段,何等可怕,则即使是国粹乎,而亦不欲人之加诸我也,诚然也以不照为宜。

---

① "长毛":对太平天国起义军的蔑称。

所以他们所照的多是全身，旁边一张大茶几，上有帽架、茶碗、水烟袋、花盆，几下一个痰盂，以表明这人的气管枝中有许多痰，总须陆续吐出。人呢，或立或坐，或者手执书卷，或者大襟上挂一个很大的时表，我们倘用放大镜一照，至今还可以知道他当时拍照的时辰，而且那时还不会用镁光，所以不必疑心是夜里。

然而名士风流，又何代蔑有呢？雅人早不满于这样千篇一律的呆鸟了，于是也有赤身露体装作晋人①的，也有斜领丝绦装作 X 人的，但不多。较为通行的是先将自己照下两张，服饰态度各不同，然后合照为一张，两个自己即或如宾主，或如主仆，名曰"二我图"。但设若一个自己傲然地坐着，一个自己卑劣可怜地，向了坐着的那一个自己跪着的时候，名色便又两样了："求己图"。这类"图"晒出之后，总须题些诗，或者词如"调寄满庭芳""摸鱼儿"之类，然后在书房里挂起。至于贵人富户，则因为属于呆鸟一类，所以决计想不出如此雅致的花样来，即有特别举动，至多也不过自己坐在中间，膝下排列着他的一百个儿子，一千个孙子和一万个曾孙（下略）照一张"全家福"。

Th. Lipps② 在他那《伦理学的根本问题》中，说过这样意思的话。就是凡是人主，也容易变成奴隶，因为他一面既承认可做主人，一面就当然承认可做奴隶，所以威力一坠，就死心塌地，俯首帖耳于新主人之前了。那书可惜我不在手头，只记得一个大意，好在中国已经有了译本，虽然是节译，这些话应该存在的罢。用事实来证明这理论的最显著的例是孙皓③，治吴时候，如此骄纵酷虐的暴主，一降晋，却是如此卑劣无耻的奴才。中国常语说，临下骄者事上必谄，也就是看穿了这把戏的话。但表现得最透彻的却莫如"求己图"，将来中国如要印《绘图伦理学的根本

① 晋人：指晋代文人刘伶等。
② Th. Lipps：李普斯（1851—1914），德国心理学家、哲学家。
③ 孙皓（243—283）：三国吴政权的末代帝王。

问题》，这实在是一张极好的插画，就是世界上最伟大的讽刺画家也万万想不到，画不出的。

但现在我们所看见的，已没有卑劣可怜地跪着的照相了，不是什么会纪念的一群，即是什么人放大的半个，都很凛凛的。我愿意我之常常将这些当作半张"求己图"看，乃是我的杞忧。

三　无题之类

照相馆选定一个或数个阔人的照相，放大了挂在门口，似乎是北京特有，或近来流行的。我在S城所见的曾大人之流，都不过六寸或八寸，而且挂着的永远是曾大人之流，也不像北京的时时调换，年年不同。但革命以后，也许撤去了罢，我知道得不真确。

至于近十年北京的事，可是略有所知了，无非其人阔，则其像放大，其人"下野"，则其像不见，比电光自然永久得多。倘若白昼明烛，要在北京城内寻求一张不像那些阔人似的缩小放大挂起挂倒的照相，则据鄙陋所知，实在只有一位梅兰芳君。而该君的麻姑一般的"天女散花""黛玉葬花"像，也确乎比那些缩小放大挂起挂倒的东西标致，即此就足以证明中国人实有审美的眼睛，其一面又放大挺胸凸肚的照相者，盖出于不得已。

我在先只读过《红楼梦》，没有看见"黛玉葬花"的照片的时候，是万料不到黛玉的眼睛如此之凸，嘴唇如此之厚的。我以为她该是一副瘦削的痨病脸，现在才知道她有些福相，也像一个麻姑。然而只要一看那些继起的模仿者们的拟天女照相，都像小孩子穿了新衣服，拘束得怪可怜的苦相，也就会立刻悟出梅兰芳君之所以永久之故了，其眼睛和嘴唇，盖出于不得已，即此也就足以证明中国人实有审美的眼睛。

印度的诗圣泰戈尔先生光临中国之际，像一大瓶好香水似的很熏上了几位先生们以文气和玄气，然而够到陪坐祝寿的程度的却只有一位梅兰芳君：两国的艺术家的握手。待到这位老诗人改姓换名，化为"竺震旦"①，离开了近于他的理想境的这震旦之后，震旦诗贤头上的印度帽也不大看见了，报章上也很少记他的消息，而装饰这近于理想境的震旦者，也仍旧只有那巍然地挂在照相馆玻璃窗里的一张"天女散花图"或"黛玉葬花图"。

　　唯有这一位"艺术家"的艺术，在中国是永久的。

　　我所见的外国名伶美人的照相并不多，男扮女的照相没有见过，别的名人的照相见过几十张。托尔斯泰、伊孛生、罗丹都老了，尼采一脸凶相，勖本华尔一脸苦相，淮尔特②，穿上他那审美的衣装的时候，已经有点呆相了，而罗曼罗兰似乎带点怪气，戈尔基又简直像一个流氓。虽说都可以看出悲哀和苦斗的痕迹来罢，但总不如天女的"好"得明明白白。假使吴昌硕③翁的刻印章也算雕刻家，加以作画的润格如是之贵，则在中国确是一位艺术家了，但他的照相我们看不见。林琴南翁负了那么大的文名，而天下也似乎不甚有热心于"识荆"④的人，我虽然曾在一个药房的仿单⑤上见过他的玉照，但那是代表了他的"如夫人"⑥函谢丸药的功效，所以印上的，并不因为他的文章。更就用了"引车卖浆者流"⑦的文字来做文章的诸君而言，南亭亭长⑧我佛山人⑨往矣，且从略；近来则虽是奋战愤斗，做了这许多作品

　　①　竺震旦：是印度诗人泰戈尔的中国名字。

　　②　淮尔特：今译王尔德（O. Wilde, 1854—1990）。

　　③　吴昌硕（1844—1927）：浙江安吉人，近代书画家、篆刻家。

　　④　"识荆"：两人初次见面的敬辞。

　　⑤　仿单：旧时介绍商品性质、用途和用法的广告性说明书。

　　⑥　"如夫人"：旧时对他人之妾的敬称，从字面即解"如同夫人一样"。

　　⑦　"引车卖浆者流"：指卑贱的行业。此处讥刺林琴南。

　　⑧　南亭亭长：李宝嘉（1867—1906），字伯元，清末小说家。著有长篇小说《官场现形记》《文明小史》等。

　　⑨　我佛山人：吴沃尧（1866—1910），字趼人，清末小说家。著有长篇小说《二十年目睹之怪现状》《恨海》等。

的如创造社诸君子,也不过印过很小的一张三人的合照①,而且是铜板而已。

我们中国的最伟大最永久的艺术是男人扮女人。

异性大抵相爱。太监只能使别人放心,决没有人爱他,因为他是无性了——假使我用了这"无"字还不算什么语病。然而也就可见虽然最难放心,但是最可贵的是男人扮女人了,因为从两性看来,都近于异性,男人看见"扮女人",女人看见"男人扮",所以这就永远挂在照相馆的玻璃窗里,挂在国民的心中。外国没有这样的完全的艺术家,所以只好任凭那些捏锤凿,调彩色,弄墨水的人们跋扈。

我们中国的最伟大最永久,而且最普遍的艺术也就是男人扮女人。

一九二四年十一月十一日。

＊本篇最初发表于一九二五年一月十二日《语丝》周刊第九期。

① 三人的合照:指郭沫若、郁达夫和成仿吾三人的合照。

再论雷峰塔的倒掉

从崇轩先生①的通信(二月份《京报副刊》)里,知道他在轮船上听到两个旅客谈话,说是杭州雷峰塔之所以倒掉,是因为乡下人迷信那塔砖放在自己的家中,凡事都必平安,如意,逢凶化吉,于是这个也挖,那个也挖,挖之久久,便倒了。一个旅客并且再三叹息道:西湖十景这可缺了呵!

这消息,可又使我有点畅快了,虽然明知道幸灾乐祸,不像一个绅士,但本来不是绅士的,也没有法子来装潢。

我们中国的许多人——我在此特别郑重声明:并不包括四万万同胞全部!——大抵患有一种"十景病",至少是"八景病",沉重起来的时候大概在清朝。凡看一部县志,这一县往往有十景或八景,如"远村明月""萧寺清钟""古池好水"之类。而且,"十"字形的病菌,似乎已经侵入血管,流布全身,其势力早不在"!"形惊叹亡国病菌之下了。点心有十样锦,菜有十碗,音乐有十番②,阎罗有十殿,药有十全大补,猜拳有全福手福手全,连人的劣迹或罪状,宣布起来也大抵是十条,仿佛犯了九条的时候总不肯歇手。现在西湖十景可缺了呵!"凡为天下国家有九经"③,九经固古已有之,而九景却颇不习见,所以正是对于十景病的一个针砭,至少也可以使患者感到一种不平常,知道自

---

① 崇轩先生:胡也频(1903—1931)。

② 十番:指流行于东南沿海一带的十番锣鼓,是由十种乐器夹以若干曲牌更番合奏而成。

③ "凡为天下国家有九经":出自《中庸》,即治理天下应做的九件事。

己的可爱的老病,忽而跑掉了十分之一了。

但仍有悲哀在里面。

其实,这一种势所必至的破坏,也还是徒然的。畅快不过是无聊的自欺。雅人和信士和传统大家,定要苦心孤诣巧语花言地再来补足了十景而后已。

无破坏即无新建设,大致是的;但有破坏却未必即有新建设。卢梭、斯谛纳尔①、尼采、托尔斯泰、伊孛生等辈,若用勃兰兑斯②的话来说,乃是"轨道破坏者"。其实他们不单是破坏,而且是扫除,是大呼猛进,将碍脚的旧轨道不论整条或碎片,一扫而空,并非想挖一块废铁古砖挟回家去,预备卖给旧货店。中国很少这一类人,即使有之,也会被大众的唾沫淹死。孔丘先生确是伟大,生在巫鬼势力如此旺盛的时代,偏不肯随俗谈鬼神;但可惜太聪明了,"祭如在祭神如神在"③,只用他修《春秋》的照例手段以两个"如"字略寓"俏皮刻薄"之意,使人一时莫明其妙,看不出他肚皮里的反对来。他肯对子路赌咒,却不肯对鬼神宣战,因为一宣战就不和平,易犯骂人——虽然不过骂鬼——之罪,即不免有《衡论》(见一月份《晨报副镌〔juān,雕刻,凿〕》)作家TY先生似的好人,会替鬼神来奚落他道:为名乎? 骂人不能得名。为利乎? 骂人不能得利。想引诱女人乎? 又不能将蚩尤的脸子印在文章上。何乐而为之也欤?

孔丘先生是深通世故的老先生,大约除脸子付印问题以外,还有深心,犯不上来做明目张胆的破坏者,所以只是不谈,而决不骂,于是乎俨然成为中国的圣人,道大,无所不包故也。否则,

故乡

---

① 斯谛纳尔:德国哲学家卡斯巴尔·施米特(1806—1856)的笔名。代表作为《唯一者及其所有物》等。

② 勃兰兑斯(1842—1927):丹麦文学批评家、文学史家。代表作为《十九世纪文学主流》,介绍欧洲各种文学流派。

③ "祭如在祭神如神在":出自《论语·八佾》,意思是,祭祀祖先神灵时,好像他们真的在自己面前。

现在供在圣庙里的,也许不姓孔。

不过在戏台上罢了,悲剧将人生的有价值的东西毁灭给人看,喜剧将那无价值的撕破给人看。讥讽又不过是喜剧的变简的一支流。但悲壮滑稽,却都是十景病的仇敌,因为都有破坏性,虽然所破坏的方面各不同。中国如十景病尚存,则不但卢梭他们似的疯子决不产生,并且也决不产生一个悲剧作家或喜剧作家或讽刺诗人。所有的,只是喜剧的人物或非喜剧非悲剧的人物,在互相模造的十景中生存,一面个个带了十景病。

然而十全停滞的生活,世界上是很不多见的事,于是破坏者到了,但并非自己的先觉的破坏者,却是狂暴的强盗,或外来的蛮夷。猃狁〔xiǎn yǔn,我国古代北方的一个民族〕早到过中原,五胡①来过了,蒙古也来过了;同胞张献忠杀人如草,而满洲兵的一箭,就钻进树丛中死掉了。有人论中国说,倘使没有带着新鲜的血液的野蛮的侵入,真不知自身会腐败到如何!这当然是极刻毒的恶谑,但我们一翻历史,怕不免要有汗流浃〔jiā,透、遍及〕背的时候罢。外寇来了,暂一震动,终于请他做主子,在他的刀斧下修补老例;内寇来了,也暂一震动,终于请他做主子,或者别拜一个主子,在自己的瓦砾中修补老例。再来翻县志,就看见每一次兵燹〔xiǎn,野火,多指兵乱中纵火焚烧〕之后,所添上的是许多烈妇烈女的氏名。看近来的兵祸,怕又要大举表扬节烈了罢。许多男人们都哪里去了?

凡这一种寇盗式的破坏,结果只能留下一片瓦砾,与建设无关。

但当太平时候,就是正在修补老例,并无寇盗时候,即国中暂时没有破坏么?也不然的,其时有奴才式的破坏作用常川活动着。

雷峰塔砖的挖去,不过是极近的一条小小的例。龙门的石

---

① 五胡:我国历史上对鲜卑、匈奴、羯、氐、羌五个少数民族的合称。

佛，大半肢体不全，图书馆中的书籍，插图须谨防撕去，凡公物或无主的东西，倘难于移动，能够完全的即很不多。但其毁坏的原因，则非如革除者的志在扫除，也非如寇盗的志在掠夺或单是破坏，仅因目前极小的自利，也肯对于完整的大物暗暗地加一个创伤。人数既多，创伤自然极大，而倒败之后，却难于知道加害的究竟是谁。正如雷峰塔倒掉以后，我们单知道由于乡下人的迷信。共有的塔失去了，乡下人的所得，却不过一块砖，这砖，将来又将为别一自利者所藏，终究至于灭尽。倘在民康物阜时候，因为十景病的发作，新的雷峰塔也会再造的罢。但将来的运命，不也就可以推想而知么？如果乡下人还是这样的乡下人，老例还是这样的老例。

这一种奴才式的破坏，结果也只能留下一片瓦砾，与建设无关。

岂但乡下人之于雷峰塔，日日偷挖中华民国的柱石的奴才们，现在正不知有多少！

瓦砾场上还不足悲，在瓦砾场上修补老例是可悲的。我们要革新的破坏者，因为他内心有理想的光。我们应该知道他和寇盗奴才的分别；应该留心自己堕入后两种。这区别并不繁难，只要观人，省己，凡言动中，思想中，含有借此据为己有的朕兆者是寇盗，含有借此占些目前的小便宜的朕兆者是奴才，无论在前面打着的是怎样鲜明好看的旗子。

一九二五年二月六日。

＊本篇最初发表于一九二五年二月二十三日《语丝》周刊第十五期。

看镜有感

因为翻衣箱,翻出几面古铜镜子来,大概是民国初年初到北京时候买在那里的,"情随事迁",全然忘却,宛如见了隔世的东西了。

一面圆径不过二寸,很厚重,背面满刻蒲陶,还有跳跃的鼯〔wú,鼯鼠〕鼠,沿边是一圈小飞禽。古董店家都称为"海马葡萄镜"。但我的一面并无海马,其实和名称不相当。记得曾见过别一面,是有海马的,但贵极,没有买。这些都是汉代的镜子;后来也有模造或翻沙者,花纹可造粗拙得多了。汉武通大宛安息,以至天马蒲萄,大概当时是视为盛事的,所以便取作什器的装饰。古时,于外来物品,每加海字,如海榴、海红花、海棠之类。海即现在之所谓洋,海马译成今文,当然就是洋马。镜鼻是一个蛤蟆,则因为镜如满月,月中有蟾蜍之故,和汉事不相干了。

遥想汉人多少闳放,新来的动植物,即毫不拘忌,来充装饰的花纹。唐人也还不算弱,例如汉人的墓前石兽,多是羊、虎、天禄①、辟邪②,而长安的昭陵上,却刻着带箭的骏马,还有一匹鸵鸟,则办法简直前无古人。现今在坟墓上不待言,即平常的绘画,可有人敢用一朵洋花一只洋鸟,即私人的印章,可有人肯用一个草书一个俗字么?许多雅人,连记年月也必是甲子,怕用民国纪元。不知道是没有如此大胆的艺术家,还是虽有而民众都加迫害,他于是乎只得萎缩,死掉了?

---

① 天禄:传说中的兽名。
② 辟邪:我国古代传说中的一种神兽,形体像狮而肋下生翅。

宋的文艺,现在似的国粹气味就熏人。然而辽金元陆续进来了,这消息很耐寻味。汉唐虽然也有边患,但魄力究竟雄大,人民具有不至于为异族奴隶的自信心,或者竟毫未想到,凡取用外来事物的时候,就如将彼俘来一样,自由驱使,绝不介怀。一到衰弊陵夷之际,神经可就衰弱过敏了,每遇外国东西,便觉得仿佛彼来俘我一样,推拒、惶恐、退缩、逃避,抖成一团,又必想一篇道理来掩饰,而国粹遂成为孱王和孱奴的宝贝。

无论从哪里来的,只要是食物,壮健者大抵就无须思索,承认是吃的东西。唯有衰病的,却总常想到害胃,伤身,特有许多禁条,许多避忌;还有一大套比较厉害而终于不得要领的理由,例如吃固无妨,而不吃尤稳,食之或当有益,然究以不吃为宜云云之类。但这一类人物总要日渐其衰弱的,因为他终日战战兢兢,自己先已失了活气了。

不知道南宋比现今如何,但对外敌,却明明已经称臣,唯独在国内特多繁文缛节以及唠叨的碎话。正如倒霉人物,偏多忌讳一般,豁达闳大之风消歇净尽了。直到后来,都没有什么大变化。我曾在古物陈列所所陈列的古画上看见一颗印文,是几个罗马字母。但那是所谓"我圣祖仁皇帝"的印,是征伐了汉族的主人,所以他敢;汉族的奴才是不敢的。便是现在,便是艺术家,可有敢用洋文的印的么?

清顺治中,时宪书上印有"依西洋新法"五个字,痛哭流涕来劾〔hé,揭发罪状〕洋人汤若望①的偏是汉人杨光先。直到康熙初,争胜了,就叫他做钦天监②正去,则又叩阍〔hūn,宫门〕以"但知推步之理不知推步之数"辞。不准辞,则又痛哭流涕地来做《不得已》,说道"宁可使中夏无好历法,不可使中夏有西洋人。"然而终于连闰月都算错了,他大约以为好历法专属于西洋人,中夏

---

① 汤若望(1591—1666):明末来华传教的天主教耶稣会教士。德国人。
② 钦天监:明清所设掌管观察天象、推算历法的官署。

人自己是学不得,也学不好的。但他竟论了大辟,可是没有杀,放归,死于途中了。汤若望入中国还在明崇祯初,其法终未见用;后来阮元①论之曰:"明季君臣以大统浸疏,开局修正,既知新法之密,而讫未施行。圣朝定鼎,以其法造时宪书,颁行天下。彼十余年辩论翻译之劳,若以备我朝之采用者,斯亦奇矣!……我国家圣圣相传,用人行政,唯求其是,而不先设成心。即是一端,可以仰见如天之度量矣!"(《畴人传》四十五)

现在流传的古镜们,出自冢者中居多,原是殉葬品。但我也有一面日用镜,薄而且大,规抚汉制,也许是唐代的东西。那证据是:一、镜鼻已多磨损;二、镜面的沙眼都用别的铜来补好了。当时在妆阁中,曾照唐人的额黄和眉绿,现在却监禁在我的衣箱里,它或者大有今昔之感罢。

但铜镜的供用,大约道光咸丰时候还与玻璃镜并行;至于穷乡僻壤,也许至今还用着。我们那里,则除了婚丧仪式之外,全被玻璃镜驱逐了。然而也还有余烈可寻,倘街头遇见一位老翁,肩了长凳似的东西,上面缚着一块猪肝色石和一块青色石,试仔听他的叫喊,就是"磨镜,磨剪刀!"

宋镜我没有见过好的,什九并无藻饰,只有店号或"正其衣冠"等类的迂铭词,真是"世风日下"。但是要进步或不退步,总须时时自出心裁,至少也必取材异域,倘若各种顾忌,各种小心,各种唠叨,这么做即违了祖宗,那么做又像了夷狄,终生惴〔zhuì,又发愁又害怕的样子〕惴如在薄冰上,发抖尚且来不及,怎么会做出好东西来。所以事实上"今不如古"者,正因为有许多唠叨着"今不如古"的诸位先生们之故。现在情形还如此。倘再不放开度量,大胆地,无畏地,将新文化尽量地吸收,则杨光先似的向西洋主人历陈中夏的精神文明的时候,大概是不劳久待的罢。

但我向来没有遇见过一个排斥玻璃镜子的人。单知道咸丰

---

① 阮元(1764—1849):清代学者。

年间,汪曰桢先生却在他的大著《湖雅》里攻击过的。他加以比较研究之后,终于决定还是铜镜好。最不可解的是:他说,照起面貌来,玻璃镜不如铜镜之准确。莫非那时的玻璃镜当真坏到如此,还是因为他老先生又戴上了国粹眼镜之故呢?我没有见过古玻璃镜。这一点终于猜不透。

一九二五年二月九日。

* 本篇最初发表于一九二五年三月二日《语丝》周刊第十六期。

论"他妈的！"

　　无论是谁,只要在中国过活,便总得常听到"他妈的"或其相类的口头禅。我想:这话的分布,大概就跟着中国人足迹之所至罢;使用的遍数,怕也未必比客气的"您好呀"会更少。假使依或人所说,牡丹是中国的"国花",那么,这就可以算是中国的"国骂"了。

　　我生长于浙江之东,就是西滢〔yíng,清澈〕先生之所谓"某籍"①。那地方通行的"国骂"却颇简单:专一以"妈"为限,决不牵涉余人。后来稍游各地,才始惊异于国骂之博大而精微:上溯祖宗,旁连姊妹,下递子孙,普及同性,真是"犹河汉而无极也"。而且,不特用于人,也以施之兽。前年,曾见一辆煤车的只轮陷入很深的辙迹里,车夫便愤然跳下,出死力打那拉车的骡子道:"你姊姊的！你姊姊的！"

　　别的国度里怎样,我不知道,单知道诺威人 Hamsun② 有一本小说叫《饥饿》,粗野的口吻是很多的,但我并不见这一类话。Gorky③ 所写的小说中多无赖汉,就我所看过的而言,也没有这骂法。唯独 Artzybashev 在《工人绥惠略夫》里,却使无抵抗主义者亚拉借夫骂了一句"你妈的"。但其时他已经决计为爱而牺牲了,使我们也失却笑他自相矛盾的勇气。这骂的翻译,在中国

---

　　① 　"某籍":鲁迅的籍贯浙江。
　　② 　Hamsun:今译汉姆生（1859—1952）,挪威作家。代表作有长篇小说《饥饿》。
　　③ 　Gorky:今译高尔基（1868—1936）,苏联作家。

原极容易的,别国却似乎为难,德文译本作"我使用过你的妈",日文译本作"你的妈是我的母狗"。这实在太费解——由我的眼光看起来。

那么,俄国也有这类骂法的,但因为究竟没有中国似的精博,所以光荣还得归到这边来。好在这究竟又并非什么大光荣,所以他们大约未必抗议;也不如"赤化"之可怕,中国的阔人,名人,高人,也不至于骇死的。但是,虽在中国,说的也独有所谓"下等人",例如"车夫"之类,至于有身份的上等人,例如"士大夫"之类,则决不出之于口,更何况笔之于书。"予生也晚",赶不上周朝,未为大夫,也没有做士,本可以放笔直干的,然而终于改头换面,从"国骂"上削去一个动词和一个名词,又改对称为第三人称者,恐怕还因为到底未曾拉车,因而也就不免"有点贵族气味"之故。那用途,既然只限于一部分,似乎又有些不能算作"国骂"了;但也不然,阔人所赏识的牡丹,下等人又何尝以为"花之富贵者也"?

这"他妈的"的由来以及始于何代,我也不明白。经史上所见骂人的话,无非是"役夫","奴","死公";较厉害的,有"老狗","貉〔háo,义同貉(hé),专用于"貉绒、貉子"。〕子";更厉害,涉及先代的,也不外乎"而母婢也","赘阉遗丑"①罢了!还没见过什么"妈的"怎样,虽然也许是士大夫讳而不录。但《广弘明集》②(七)记北魏邢子才③"以为妇人不可保。谓元景曰,'卿何必姓王?'元景变色。子才曰,'我亦何必姓邢;能保五世耶?'"则颇有可以推见消息的地方。

晋朝已经是大重门第,重到过度了;华胄世业,子弟便易于

① "赘阉遗丑":太监后人。骂人之语。

② 《广弘明集》:唐代僧道宣撰,收集自南北朝到唐共一百三十余人阐述佛法的文献著作。

③ 邢子才:邢邵(496—?),北魏无神论者、文学家。

得官;即使是一个酒囊饭袋,也还是不失为清品。北方疆土虽失于拓跋氏,士人却更其发狂似的讲究阀阅,区别等第,守护极严。庶民中纵有俊才,也不能和大姓比并。至于大姓,实不过承祖宗余荫,以旧业骄人,空腹高心,当然使人不耐。但士流既然用祖宗做护符,被压迫的庶民自然也就将他们的祖宗当作仇敌。邢子才的话虽然说不定是否出于愤激,但对于躲在门第下的男女,却确是一个致命的重伤。势位声气,本来仅靠了"祖宗"这唯一的护符而存,"祖宗"倘一被毁,便什么都倒败了。这是倚赖"余荫"的必得的果报。

同一的意思,但没有邢子才的文才,而直出于"下等人"之口的,就是:"他妈的!"

要攻击高门大族的坚固的旧堡垒,却去瞄准他的血统,在战略上,真可谓奇谲的了。最先发明这一句"他妈的"的人物,确要算一个天才——然而是一个卑劣的天才。

唐以后,自夸族望的风气渐渐消除;到了金元,已奉夷狄为帝王,自不妨拜屠沽作卿士,"等"的上下本该从此有些难定了,但偏还有人想辛辛苦苦地爬进"上等"去。刘时中①的曲子里说:"堪笑这没见识街市匹夫,好打那好顽劣。江湖伴侣,旋将表德官名相体呼,声音多厮称,字样不寻俗。听我一个个细数:粜米的唤子良;卖肉的呼仲甫……开张卖饭的呼君宝;磨面登罗的叫德夫!何足云乎?!"(《乐府新编阳春白雪》②三)这就是那时的暴发户的丑态。

"下等人"还未暴发之先,自然大抵有许多"他妈的"在嘴上,但一遇机会,偶窃一位,略识几字,便即文雅起来:雅号也有了;身份也高了;家谱也修了,还要寻一个始祖,不是名儒便是名

---

① 刘时中:生卒年不详。元代词曲家。
② 《乐府新编阳春白雪》:元人杨朝英所编选的元代散曲选集,简称《阳春白雪》,选录元人散曲六十余家。

臣。从此化为"上等人",也如上等前辈一样,言行都很温文尔雅。然而愚民究竟也有聪明的,早已看穿了这鬼把戏,所以又有俗谚,说:"口上仁义礼智,心里男盗女娼!"他们是很明白的。

于是他们反抗了,曰:"他妈的!"

但人们不能蔑弃扫荡人我的余泽和旧荫,而硬要去做别人的祖宗,无论如何,总是卑劣的事。有时,也或加暴力于所谓"他妈的"的生命上,但大概是乘机,而不是造运会,所以无论如何,也还是卑劣的事。

中国人至今还有无数"等",还是依赖门第,还是倚仗祖宗。倘不改造,即永远有无声的或有声的"国骂"。就是"他妈的",围绕在上下和四旁,而且这还须在太平的时候。

但偶尔也有例外的用法:或表惊异,或表感服。我曾在家乡看见乡农父子一同午饭,儿子指一碗菜向他父亲说:"这不坏,妈的你尝尝看!"那父亲回答道:"我不要吃。妈的你吃去罢!"则简直已经醇化为现在时行的"我的亲爱的"的意思了。

一九二五年七月十九日。

* 本篇最初发表于一九二五年七月二十七日《语丝》周刊第三十七期。

论睁了眼看

　　虚生①先生所做的时事短评中,曾有一个这样的题目:"我们应该有正眼看各方面的勇气"(《猛进》十九期)。诚然,必须敢于正视,这才可望敢想,敢说,敢作,敢当。倘使并正视而不敢,此外还能成什么气候。然而,不幸这一种勇气,是我们中国人最所缺乏的。

　　但现在我所想到的是别一方面——

　　中国的文人,对于人生——至少是对于社会现象,向来就多没有正视的勇气。我们的圣贤,本来早已教人"非礼勿视"的了;而这"礼"又非常之严,不但"正视",连"平视""斜视"也不许。现在青年的精神未可知,在体质,却大半还是弯腰曲背,低眉顺眼,表示着老牌的老成的子弟,驯良的百姓——至于说对外却有大力量,乃是近一月来的新说,还不知道究竟是如何。

　　再回到"正视"问题去;先既不敢,后便不能,再后,就自然不视,不见了。一辆汽车坏了,停在马路上,一群人围着呆看,所得的结果是一团乌油油的东西。然而由本身的矛盾或社会的缺陷所生的苦痛,虽不正视,却要身受的。文人究竟是敏感人物,从他们的作品上看来,有些人确也早已感到不满,可是一到快要显露缺陷的危机一发之际,他们总即刻连说"并无其事",同时便闭上了眼睛。这闭着的眼睛便看见一切圆满,当前的苦痛不过是"天将将降大任于斯人也,必先苦其心志,劳其筋骨,饿其体肤,空乏其身,行拂乱其所为。"于是无问题,无缺陷,无不平,也就无解决,无改革,无反抗。因为凡

---

①　虚生:即徐炳昶(1886—1976),北京大学哲学系教授,《猛进》周刊主编。

事总要"团圆",正无须我们焦躁;放心喝茶,睡觉大吉。再说费话,就有"不合时宜"之咎,免不了要受大学教授的纠正了。呸!

我并未实验过,但有时候想:倘将一位久蛰洞房的老太爷抛在夏天正午的烈日底下,或将不出闺门的千金小姐拖到旷野的黑夜里,大概只好闭了眼睛,暂续他们残存的旧梦,总算并没有遇到暗或光,虽然已经是绝不相同的现实。中国的文人也一样,万事闭眼睛,聊以自欺,而且欺人,那方法是:瞒和骗。

中国婚姻方法的缺陷,才子佳人小说作家早就感到了,他于是使一个才子在壁上题诗,一个佳人便来和,由倾慕——现在就得称恋爱——而至于有"终身之约"。但约定之后,也就有了难关。我们都知道,"私订终身"在诗和戏曲或小说上尚不失为美谈(自然只以与终于中状元的男人私订为限),实际却不容于天下的,仍然免不了要离异。明末的作家便闭上眼睛,并这一层也加以补救了,说是:才子及第,奉旨成婚。"父母之命媒妁之言"经这大帽子来一压,便成了半个铅钱也不值,问题也一点没有了。假使有之,也只在才子的能否中状元,而决不在婚姻制度的良否。

(近来有人以为新诗人的做诗发表,是在出风头,引异性;且迁怒于报章杂志之滥登。殊不知即使无报,墙壁实"古已有之",早做过发表机关了;据《封神演义》,纣王已曾在女娲庙壁上题诗,那起源实在非常之早。报章可以不取白话,或排斥小诗,墙壁却拆不完,管不及的;倘一律刷成黑色,也还有破磁可画,粉笔可书,真是穷于应付。做诗不刻木板,去藏之名山,却要随时发表,虽然很有流弊,但大概是难以杜绝的罢。)

《红楼梦》中的小悲剧,是社会上常有的事,作者又是比较地敢于实写的,而那结果也并不坏。无论贾氏家业再振,兰桂齐芳,即宝玉自己,也成了个披大红猩猩毡斗篷的和尚。和尚多矣,但披这样阔斗篷的能有几个,已经是"入圣超凡"无疑了。至于别的人们,则早在册子里一一注定,末路不过是一个归结:

是问题的结束,不是问题的开头。读者即小有不安,也终于奈何不得。然而后来或续或改,非借尸还魂,即冥中另配,必令"生旦当场团圆"才肯放手者,乃是自欺欺人的瘾太大,所以看了小小骗局,还不甘心,定须闭眼胡说一通而后快。赫克尔(E. Haeckel)①说过:人和人之差,有时比类人猿和原人之差还远。我们将《红楼梦》的续作者和原作一比较,就会承认这话大概是确实的。

"作善降祥"的古训,六朝人本已有些怀疑了,他们作墓志,竟会说"积善不报,终自欺人"的话。但后来的昏人,却又瞒起来。元刘信将三岁痴儿抛入蘸纸火盆,妄希福祐,是见于《元典章》②的;剧本《小张屠焚儿救母》③却道是为母延命,命得延,儿亦不死了。一女愿侍痼疾之夫,《醒世恒言》中还说终于一同自杀的;后来改作的却道是有蛇坠入药罐里,丈夫服后便痊愈了。凡有缺陷,一经作者粉饰,后半便大抵改观,使读者落诬妄中,以为世间委实尽够光明,谁有不幸,便是自作,自受。

有时遇到彰明的史实,瞒不下,如关羽岳飞的被杀,便只好别设骗局了。一是前世已造凶因,如岳飞;一是死后使他成神,如关羽。定命不可逃,成神的善报更满人意,所以杀人者不足责,被杀者也不足悲,冥冥中自有安排,使他们各得其所,正不必别人来费力了。

中国人的不敢正视各方面,用瞒和骗,造出奇妙的逃路来,而自以为正路。在这路上,就证明着国民性的怯弱,懒惰,而又巧滑。一天一天地满足着,即一天一天的堕落着,但却又觉得日见其光荣。在事实上,亡国一次,即添加几个殉难的忠臣,后来

---

① 赫克尔(E. Haeckel):今译海克尔,德国生物专家。

② 《元典章》:汇辑元世祖中统元年(1260)至英宗至治二年(1322)间的法令文书。

③ 《小张屠焚儿救母》:杂剧,元代无名氏作。

每不想光复旧物,而只去赞美那几个忠臣;遭劫一次,即造成一群不辱的烈女,事过之后,也每每不思惩凶,自卫,却只顾歌咏那一群烈女。仿佛亡国遭劫的事,反而给中国人发挥"两间正气"的机会,增高价值,即在此一举,应该一任其至,不足忧悲似的。自然,此上也无可为,因为我们已经借死人获得最上的光荣了。沪汉烈士的追悼会中,活的人们在一块很可景仰的高大的木柱下互相打骂,也就是和我们的先辈走着同一的路。

文艺是国民精神所发的火光,同时也是引导国民精神的前途的灯火。这是互为因果的,正如麻油从芝麻榨出,但以浸芝麻,就使它更油。倘以油为上,就不必说;否则,当掺入别的东西,或水或碱去。中国人向来因为不敢正视人生,只好瞒和骗,由此也生出瞒和骗的文艺来,由这文艺,更令中国人更深地陷入瞒和骗的大泽中,甚而至于已经自己不觉得。世界日日改变,我们的作家取下假面,真诚地,深入地,大胆地看取人生并且写出他的血和肉来的时候早到了;早就应该有一片崭新的文场,早就应该有几个凶猛的闯将!

现在,气象似乎一变,到处听不见歌吟花月的声音了,代之而起的是铁和血的赞颂。然而倘以欺瞒的心,用欺瞒的嘴,则无论说 A 和 O,或 Y 和 Z,一样是虚假的;只可以吓哑了先前鄙薄花月的所谓批评家的嘴,满足地以为中国就要中兴。可怜他在"爱国"大帽子底下又闭上了眼睛了——或者本来就闭着。

没有冲破一切传统思想和手法的闯将,中国是不会有真的新文艺的。

一九二五年七月二十二日。

*本篇最初发表于一九二五年八月三日《语丝》周刊第三十八期。

78
故乡

从胡须说到牙齿

1

　　一翻《呐喊》,才又记得我曾在中华民国九年双十节的前几天做过一篇《头发的故事》;去年,距今快要一整年了罢,那时是《语丝》出世未久,我又曾为它写了一篇《说胡须》。实在似乎很有些章士钊之所谓"每况愈下"①了——自然,这一句成语,也并不是章士钊首先用错的,但因为他既以擅长旧学自居,我又正在给他打官司,所以就栽在他身上。当时就听说,——或者也是时行的"流言"——一位北京大学的名教授就愤慨过,以为从胡须说起,一直说下去,将来就要说到屁股,则于是乎便和上海的《晶报》②一样了,为什么呢? 这须是熟精今典的人们才知道,后进的"束发小生"③是不容易了然的。因为《晶报》上曾经登过一篇《太阳晒屁股赋》,屁股和胡须又都是人身的一部分,既说此部,即难免不说彼部,正如看见洗脸的人,敏捷而聪明的学者即能推见他一直洗下去,将来一定要洗到屁股。所以有志于做gentleman 者,为防微杜渐起见,应该在背后给一顿奚落的。——如果说此外还有深意,那我可不得而知了。

---

　　① "每况愈下":原作"每下愈况"。指情况越来越糟。章太炎和章士钊均曾将该词用错。

　　② 《晶报》:当时上海一种低级趣味的小报。

　　③ "束发小生":章士钊轻视青年学生的话。

昔者窃闻之：欧美的文明人讳言下体以及和下体略有渊源的事物。假如以生殖器为中心而画一正圆形，则凡在圆周以内者均在讳言之列；而圆之半径，则美国者大于英。中国的下等人，是不讳言的；古之上等人似乎也不讳，所以虽是公子而可以名为黑臀①。讳之始，不知在什么时候；而将英美的半径放大，直至于口鼻之间或更在其上，则昉于一千九百二十四年秋。

文人墨客大概是感性太锐敏了之故罢，向来就很娇气，什么也给他说不得，见不得，听不得，想不得。道学先生于是乎从而禁之，虽然很像背道而驰，其实倒是心心相印。然而他们还是一看见堂客的手帕或者姨太太的荒冢就要做诗。我现在虽然也弄弄笔墨做做白话文，但才气却仿佛早经注定是该在"水平线"之下似的，所以看见手帕或荒冢之类，倒无动于中；只记得在解剖室里第一次要在女性的尸体上动刀的时候，可似乎略有做诗之意——但是，不过"之意"而已，并没有诗，读者幸勿误会，以为我有诗集将要精装行世，传之其人，先在此预告。后来，也就连"之意"都没有了，大约是因为见惯了的缘故罢，正如下等人的说惯一样。否则，也许现在不但不敢说胡须，而且简直非"人之初性本善论"或"天地玄黄赋"便不屑做。遥想土耳其革命②后，撕去女人的面幕，是多么下等的事？呜呼，她们已将嘴巴露出，将来一定要光着屁股走路了！

2

虽然有人数我为"无病呻吟"党之一，但我以为自家有病自家知，旁人大概是不很能够明白底细的。倘没有病，谁来呻吟？

---

① 黑臀：春秋时期晋成公之名，《国语·周语》。
② 土耳其革命：指一九一九年基马尔领导的土耳其资产阶级民主革命，一九二三年成立土耳其共和国。

如果竟要呻吟，那就已经有了呻吟病了，无法可医。——但模仿自然又是例外。即如自胡须直至屁股等辈，倘使相安无事，谁爱去纪念它们；我们平居无事时，从不想到自己的头，手，脚以至脚底心。待到慨然于"头颅谁斫〔zhuó，大锄；引申为用刀，斧砍〕"，"髀〔bì，大腿〕肉（又说下去了，尚希绅士淑女恕之）复生"的时候，是早已别有缘故的了，所以，"呻吟"。而批评家们曰："无病"。我实在艳羡他们的健康。

譬如腋下和胯间的毫毛，向来不很肇祸，所以也没有人引为题目，来呻吟一通。头发便不然了，不但白发数茎，能使老先生揽镜慨然，赶紧拔去；清初还因此杀了许多人。民国既经成立，辫子总算剪定了，即使保不定将来要翻出怎样的花样来，但目下总不妨说是已经告一段落。于是我对于自己的头发，也就淡然若忘，而况女子应否剪发的问题呢，因为我并不预备制造桂花油或贩卖烫剪：事不干己，是无所容心于其间的。但到民国九年，寄住在我的寓里的一位小姐考进高等女子师范学校去了，而她是剪了头发的，再没有法可梳盘龙髻〔jì，盘在头顶上的发结〕或 S 髻。到这时，我才知道虽然已是民国九年，而有些人之嫉视剪发的女子，竟和清朝末年之嫉视剪发的男子相同；校长 M 先生①虽被天夺其魄，自己的头顶秃到近乎精光了，却偏以为女子的头发可系千钧，示意要她留起。设法去疏通了几回，没有效，连我也听得麻烦起来，于是乎"感慨系之矣"了，随口呻吟了一篇《头发的故事》。但是，不知怎的，她后来竟居然并不留长，现在还是蓬蓬松松在北京道上走。

本来，也可以无须说下去了，然而连胡须样式都不自由，也是我平生的一件感愤，要时时想到的。胡须的有无，式样，长短，我以为除了直接受着影响的人以外，是毫无容喙〔huì，嘴，特指鸟兽的嘴〕的权利和义务的，而有些人们偏要越俎代庖，说些无聊的废

---

① M 先生：指毛邦伟，贵州遵义人。清光绪举人，后赴日本留学。

话,这真和女子非梳头不可的教育,"奇装异服"者要抓进警厅去办罪的政治一样离奇。要人没有反驳,总须不加刺激;乡下人捉进知县衙门去,打完屁股之后,叩一个头道:"谢大老爷!"这情形是特异的中国民族所特有的。

不料恰恰一周年,我的牙齿又发生问题了,这当然就要说牙齿。这回虽然并非说下去,而是说进去,但牙齿之后是咽喉,下面是食道、胃、大小肠、直肠,和吃饭很有相关,仍将为大雅所不齿;更何况直肠的邻近还有膀胱呢,呜呼!

3

中华民国十四年十月二十七日,即夏历之重九,国民因为主张关税自主,游行示威了。但巡警却断绝交通,至于发生冲突,据说两面"互有死伤"。次日,几种报章(《社会日报》《世界日报》《舆论报》《益世报》《顺天时报》等)的新闻中就有这样的话:

> "学生被打伤者,有吴兴身(第一英文学校),头部刀伤甚重……周树人(北大教员)齿受伤,脱门牙二。其他尚未接有报告。……"

这样还不够,第二天,《社会日报》《舆论报》《黄报》《顺天时报》又道:

> "……游行群众方面,北大教授周树人(即鲁迅)门牙确落二个。……"

舆论也好,指导社会机关也好,"确"也好,不确也好,我是没有修书更正的闲情别致的。但被害苦的是先有许多学生们,次日我到L学校①去上课,缺席的学生就有二十余,他们想不至于因为我被打落门牙,即以为讲义也跌了价的,大概是预料我一

---

① L学校:指北京黎明中学。

定请病假。还有几个常见和未见的朋友，或则面问，或则函问；尤其是朋其①君，先行肉薄中央医院，不得，又到我的家里，目睹门牙无恙，这才重回东城，而"昊天不吊"②，竟刮起大风来了。

假使我真被打落两个门牙，倒也大可以略平"整顿学风"者和其党徒之气罢；或者算是说了胡须的报应，——因为有说下去之嫌，所以该得报应，——依博爱家言，本来也未始不是一举两得的事。但可惜那一天我竟不在场。我之所以不到场者，并非遵了胡适教授的指示在研究室里用功，也不是从了江绍原③教授的忠告在推敲作品，更不是依着易卜生博士的遗训正在"救出自己"；惭愧我全没有做那些大工作，从实招供起来，不过是整天躺在窗下的床上而已。为什么呢？曰：生些小病，非有他也。

然而我的门牙，却是"确落二个"的。

4

这也是自家有病自家知的一例，如果牙齿健全，决不会知道牙痛的人的苦楚，只见他歪着嘴角吸风，模样着实可笑。自从盘古开辟天地以来，中国就未曾发明过一种止牙痛的好方法，现在虽然很有些什么"西法镶牙补眼"的了，但大概不过学了一点皮毛，连消毒去腐的粗浅道理也不明白。以北京而论，以中国自家的牙医而论，只有几个留美出身的博士是好的，但是，yes，贵不可言。至于穷乡僻壤，却连皮毛家也没有，倘使不幸而牙痛，又不安本分而想医好，怕只好去叩求城隍土地爷爷罢。

---

① 朋其：即黄鹏基，四川仁寿人。时为北京大学学生。《莽原》撰稿人之一。

② "昊天不吊"：出自《诗经·小雅·节南山》。意思是，连苍天也不怜悯，多作哀悼之词。

③ 江绍原：安徽旌德人，时任北京大学讲师。

我从小就是牙痛党之一，并非故意和牙齿不痛的正人君子们立异，实在是"欲罢不能"。听说牙齿的性质的好坏，也有遗传的，那么，这就是我的父亲赏给我的一份遗产，因为他牙齿也很坏。于是或蛀，或破，……终于牙龈上出血了，无法收拾；住的又是小城，并无牙医。那时也想不到天下有所谓"西法……"也者，唯有《验方新编》①是唯一的救星；然而试尽"验方"都不验。后来，一个善士传给我一个秘方：择日将栗子风干，日日食之，神效。应择那一日，现在已经忘却了，好在这秘方的结果不过是吃栗子，随时可以风干的，我们也无须再费神去查考。自此之后，我才正式看中医，服汤药，可惜中医仿佛也束手了，据说这是叫"牙损"，难治得很呢。还记得有一天一个长辈斥责我，说，因为不自爱，所以会生这病的；医生能有什么法？我不解，但从此不再向人提起牙齿的事了，似乎这病是我的一件耻辱。如此者久而久之，直至我到日本的长崎，再去寻牙医，他给我刮去了牙后面的所谓"齿堊〔yìn，沉淀物，渣滓〕"，这才不再出血了，花去的医费是两元，时间是约一小时以内。

　　我后来也看看中国的医药书，忽而发见触目惊心的学说了。它说，齿是属于肾的，"牙损"的原因是"阴亏"。我这才顿然悟出先前的所以得到申斥的原因来，原来是它们在这里这样诬陷我。到现在，即使有人说中医怎样可靠，单方怎样灵，我还都不信。自然，其中大半是因为他们耽误了我的父亲的病的缘故罢，但怕也很挟带些切肤之痛的自己的私怨。

　　事情还很多哩，假使我有 Victor Hugo② 先生的文才，也许因此可以写出一部 Les Misérables 的续集。然而岂但没有而已么，遭难的又是自家的牙齿，向人分送自己的冤单，是不大合适的，虽然所有文章，几乎十之九是自身的暗中的辩护。现在还不如

---

①　《验方新编》：清代鲍相璈编纂的一部通俗医药书。
②　Victor Hugo：指法国大作家雨果（1802—1885）。

迈开大步一跳,一径来说"门牙确落二个"的事罢:

袁世凯也如一切儒者一样,最主张尊孔。做了离奇的古衣冠,盛行祭孔的时候,大概是要做皇帝以前的一两年。自此以来,相承不废,但也因秉政者的变换,仪式上,尤其是行礼之状有些不同:大概自以为维新者出则西装而鞠躬,尊古者兴则古装而顿首。我曾经是教育部的佥事,因为"区区",所以还不入鞠躬或顿首之列的;但届春秋二祭,仍不免要被派去做执事。执事者,将所谓"帛"或"爵"递给鞠躬或顿首之诸公的听差之谓也。民国十一年秋,我"执事"后坐车回寓去,既是北京,又是秋,又是清早,天气很冷,所以我穿着厚外套,戴了手套的手是插在衣袋里的。那车夫,我相信他是因为瞌睡,糊涂,绝非章士钊党;但他却在中途用了所谓"非常处分",以"迅雷不及掩耳之手段",自己跌倒了,并将我从车上摔出。我手在袋里,来不及抵按,结果便自然只好和地母接吻,以门牙为牺牲了。于是无门牙而讲书者半年,补好于十二年之夏,所以现在使朋其君一见放心,释然回去的两个,其实却是假的。

<h1 style="text-align:center">5</h1>

孔二先生说,"虽有周公之才之美,使骄且吝,其余,不足观也矣。"这话,我确是曾经读过的,也十分佩服。所以如果打落了两个门牙,借此能给若干人们从旁快意,"痛快"倒也毫无吝惜之心。而无如门牙,只有这几个,而且早经脱落何?但是将前事拉成今事,却也是不甚愿意的事,因为有些事情,我还要说真实,便只好将别人的"流言"抹杀了,虽然这大抵也以有利于己,至少是无损于己者为限。准此,我便顺手又要将章士钊的将后事拉成前事的糊涂账揭出来。

又是章士钊。我之遇到这个姓名而摇头,实在由来已久;但是,先前总算是为"公",现在却像憎恶中医一样,仿佛也挟带一点私怨了,因为他"无故"将我免了官,所以,在先已经说过:我正在给他打官司。近来看见他的古文的答辩书了,很斤斤于"无故"之辩,其中有一段:

> "……又该伪校务维持会擅举该员为委员,该员又不声明否认,显系有意抗阻本部行政,既情理之所难容,亦法律之所不许。……不得已于八月十二日,呈请执政将周树人免职,十三日由 执政明令照准……"

于是乎我也"之乎者也"地驳掉他:——

> "查校务维持会公举树人为委员,系在八月十三日,而该总长呈请免职,据称在十二日。岂先预知将举树人为委员而先为免职之罪名耶?……"

其实,那些什么"答辩书"也不过是中国的胡牵乱扯的照例的成法,章士钊未必一定如此糊涂;假使真只糊涂,倒还不失为胡涂人,但他是知道舞文玩法的。他自己说过:"挽近政治。内包甚复。一端之起。其真意往往难于迹象求之。执法抗争。不过迹象间事。……"所以倘若事不干己,则与其听他说政法,谈逻辑,实在远不如看《太阳晒屁股赋》,因为欺人之意,这些赋里倒没有的。

离题愈说愈远了:这并不是我的身体的一部分。现在即此收住,将来说到哪里,且看民国十五年秋罢。

一九二五年十月三十日。

*本篇最初发表于一九二五年十一月九日《语丝》周刊第五十二期。

坚壁清野主义

新近,我在中国社会上发现了几样主义。其一,是坚壁清野主义。

"坚壁清野"是兵家言,兵家非我的素业,所以这话不是从兵家得来,乃是从别的书上看来,或社会上听来的。听说这回的欧洲战争时最要紧的是壕堑战,那么,虽现在也还使用着这战法——坚壁。至于清野,世界史上就有着有趣的事例:相传十九世纪初拿破仑进攻俄国,到了莫斯科时,俄人便大发挥其清野手段,同时在这地方纵火,将生活所需的东西烧个干净,请拿破仑和他的雄兵猛将在空城里吸西北风。吸不到一个月,他们便退走了。

中国虽说是儒教国,年年祭孔;"俎豆①之事,则尝闻之矣,军旅之事,丘未之学也。"但上上下下却都使用着这兵法;引导我看出来的是本月的报纸上的一条新闻。据说,教育当局因为公共娱乐场中常常发生有伤风化情事,所以令行各校,禁止女学生往游艺场和公园,并通知女生家属,协同禁止。自然,我并不深知这事是否确实;更未见明令的原文;也不明白教育当局之意,是因为娱乐场中的"有伤风化"情事,即从女生发生,所以不许其去,还是只要女生不去,别人也不发生,抑或即使发生,也就管他妈的了。

或者后一种的推测庶几近之。我们的古哲和今贤,虽然满口"正本清源""澄清天下",但大概是有口无心的,"未有己不

---

① 俎豆:古代礼器。

正,而能正人者",所以结果是:收起来。第一,是"以己之心,度人之心",想专以"不见可欲,使民心不乱"。第二,是器宇只有这么大,实在并没有"澄清天下"之才,正如富翁唯一的经济法,只有将钱埋在自己的地下一样。古圣人所教的"慢藏诲盗,冶容诲淫"①,就是说子女玉帛的处理方法,是应该坚壁清野的。

其实这种方法,中国早就奉行的了,我所到过的地方,除北京外,一路大抵只看见男人和卖力气的女人,很少见所谓上流妇女。但我先在此声明,我之不满于这种现象者,并非因为预备遍历中国,去窃窥一切太太小姐们;我并没有积下一文川资,就是最确的证据。今年是"流言"鼎盛时代,稍一不慎,《现代评论》上就会弯弯曲曲地登出来的,所以特地先行预告。至于一到名儒,则家里的男女也不给容易见面,霍渭厓②的《家训》里,就有那非常麻烦的分隔男女的房子构造图。似乎有志于圣贤者,便是自己的家里也应该看作游艺场和公园;现在究竟是二十世纪,而且有"少负不羁之名,长习自由之说"的教育总长,实在宽大得远了。

北京倒是不大禁锢妇女,走在外面,也不很加侮蔑的地方,但这和我们的古哲和今贤之意相左,或者这种风气,倒是满洲人输入的罢。满洲人曾经做过我们的"圣上",那习俗也应该遵从的。然而我想,现在却也并非排满,如民元之剪辫子,乃是老脾气复发了,只要看旧历过年的放鞭炮,就日见其多。可惜不再出一个魏忠贤来试验试验我们,看可有人去做干儿,并将他配享孔庙。

要风化好,是在解放人性,普及教育,尤其是性教育,这正是教育者所当为之事,"收起来"却是管牢监的禁卒哥哥的专门。

---

① "慢藏诲盗,冶容诲淫":语见《周易·系辞(上)》。意思是财物收藏得不严实,容易诱发人的盗心;容貌打扮得妖艳,容易诱发人的淫心。

② 霍渭厓(1487—1540):名韬,广东南海人,明代道学家。

况且社会上的事不比牢监那样简单,修了长城,胡人仍然源源而至,深沟高垒,都没有用处的。未有游艺场和公园以前,闺秀不出门,小家女也逛庙会,看祭赛,谁能说"有伤风化"情事,比高门大族为多呢?

总之,社会不改良,"收起来"便无用,以"收起来"为改良社会的手段,是坐了津浦车往奉天。这道理很浅显:壁虽坚固,也会冲倒的。兵匪的"绑急票",抢妇女,于风化何如? 没有知道呢,还是知而不能言,不敢言呢? 倒是歌功颂德的!

其实,"坚壁清野"虽然是兵家的一法,但这究竟是退守,不是进攻。或者就因为这一点,适与一般的退婴主义相称,于是见得志同道合的罢。但在兵事上,待援军的到来,或敌军的引退;倘单是困守孤城,那结果就只有灭亡,教育上的"坚壁清野"法,所待的是什么呢? 照历来的女教来推测,所待的只有一件事:死。

天下太平或还能苟安时候,所谓男子者俨然地教贞顺,说幽娴,"内言不出于阃"①,"男女授受不亲"。好! 都听你,外事就拜托足下罢。但是天下弄得鼎沸,暴力袭来了,足下将何以见教呢? 曰:做烈妇呀!

宋以来,对付妇女的方法,只有这一个,直到现在,还是这一个。

如果这女教当真大行,则我们中国历来多少内乱,多少外患,兵燹频仍,妇女不是死尽了么? 不,也有幸免的,也有不死的,易代之际,就和男人一同降服,做奴才。于是生育子孙,祖宗的香火幸而不断,但到现在还很有带着奴气的人物,大概也就是这个流弊罢。"有利必有弊",是十口相传,大家都知道的。

但似乎除此之外,儒者、名臣、富翁、武人、阔人以至小百姓,都想不出什么善法来,因此还只得奉这为至宝。更昏庸的,便以

---

① "内言不出于阃":出自《礼记·曲礼》。阃,即妇女所居内室的门限。

为只要意见和这些歧异者，就是土匪了。和官相反的是匪，也正是当然的事。但最近，孙美瑶据守抱犊崮，其实倒是"坚壁"，至于"清野"的通品，则我要推举张献忠。

张献忠在明末的屠戮百姓，是谁也知道，谁也觉得可骇的，譬如他使 A、B、C 三支兵杀完百姓之后，便令 A、B 杀 C，又令 A 杀 B，又令 A 自相杀。为什么呢？是李自成已经入北京，做皇帝了。做皇帝是要百姓的，他就要杀完他的百姓，使他无皇帝可做。正如伤风化是要女生的，现在关起一切女生，也就无风化可伤一般。

连土匪也有坚壁清野主义，中国的妇女实在已没有解放的路；听说现在的乡民，于兵匪也已经辨别不清了。

一九二五年十一月二十二日。

＊本篇最初发表于一九二六年一月上海《新女性》月刊创刊号。

寡 妇 主 义

范源廉①先生是现在许多青年所钦仰的;各人有各人的意思,我当然无从推度那些缘由。但我个人所叹服的,是在他当前清光绪末年,首先发明了"速成师范"。一门学术而可以速成,迂执的先生们也许要觉得离奇罢;殊不知那时中国正闹着"教育荒",所以这正是一宗急赈的款子。半年以后,从日本留学回来的师资就不在少数了,还带着教育上的各种主义,如军国民主义,尊王攘夷主义之类。在女子教育,则那时候最时行,常常听到嚷着的,是贤母良妻主义。

我倒并不一定以为这主义错,愚母恶妻是谁也不希望的。然而现在有几个急进的人们,却以为女子也不专是家庭中物,因而很攻击中国至今还抄了日本旧刊文来教育自己的女子的谬误。人们真容易被听惯的讹传所迷,例如近来有人说:谁是卖国的,谁是只为子孙计的。于是许多人也都这样说。其实如果真能卖国,还该得点更大的利,如果真为子孙计,也还算较有良心;现在的所谓谁者,大抵不过是送国,也何尝想到子孙。这贤母良妻主义也不在例外,急进者虽然引以为病,而事实上又何尝有这么一回事;所有的,不过是"寡妇主义"罢了。

这"寡妇"二字,应该用纯粹的中国思想来解释,不能比附欧、美、印度或阿拉伯的;倘要翻成洋文,也决不宜意译或神译,只能译音:Kuofuism。

---

① 范源廉(1877—1928):字静生,湖南湘阴人。清末曾在日本创设速成法政、师范等学科,民国以后曾任北洋政府内务总长、教育总长、北京师范大学校长等职。

我生以前不知道怎样,我生以后,儒教却已经颇"杂"了:"奉母命权作道场"①者有之,"神道设教"②者有之,佩服《文昌帝君功过格》者又有之,我还记得那《功过格》,是给"谈人闺阃"者以很大的罚。我未出户庭,中国也未有女学校以前不知道怎样,自从我涉足社会,中国也有了女校,却常听到读书人谈论女学生的事,并且照例是坏事。有时实在太谬妄了,但倘若指出它的矛盾,则说的听的都大不悦,仇恨简直是"若杀其父兄"。这种言动,自然也许是合于"儒行"的罢,因为圣道广博,无所不包;或者不过是小节,不要紧的。

我曾经也略略猜想过这些谣诼〔zhuó,毁谤〕的由来:反改革的老先生,色情狂气味的幻想家,制造流言的名人,连常识也没有或别有作用的新闻访事和记者,被学生赶走的校长和教员,谋做校长的教育家,跟着一犬而群吠的邑犬③……但近来却又发现了一种另外的,是:"寡妇"或"拟寡妇"的校长及舍监④。

这里所谓"寡妇",是指和丈夫死别的;所谓"拟寡妇",是指和丈夫生离以及不得已而抱独身主义的。

中国的女性出而在社会上服务,是最近才有的,但家族制度未曾改革,家务依然纷繁,一经结婚,即难于兼做别的事。于是社会上的事业,在中国,则大抵还只有教育,尤其是女子教育,便多半落在上文所说似的独身者的掌中。这在先前,是道学先生所占据的,继而以顽固无识等恶名失败,她们即以曾受新教育,曾往国外留学,同是女性等好招牌,起而代之。社会上也因为她们并不与任何男性相关,又无儿女系累,可以专心于神圣的事业,便漫然加以信托。但从此而青年女子之遭灾,就远在于往日

---

① "奉母命权作道场":作者引用这句话是指当时一般兼信佛教的道学家。
② "神道设教":封建统治阶级利用迷信欺骗人民的一种方法。
③ 邑犬:乡里中的狗。
④ "寡妇"或"拟寡妇"的校长及舍监:是指当时北京女子师范大学校长杨荫榆和舍监秦竹平一类人。

在道学先生治下之上了。

　　即使是贤母良妻，即使是东方式，对于夫和子女，也不能说可以没有爱情。爱情虽说是天赋的东西，但倘没有相当的刺激和运用，就不发达。譬如同是手脚，坐着不动的人将自己的和铁匠挑夫的一比较，就非常明白。在女子，是从有了丈夫，有了情人，有了儿女，而后真的爱情才觉醒的；否则，便潜藏着，或者竟会萎落，甚且至于变态。所以托独身者来造贤母良妻，简直是请盲人骑瞎马上道，更何论于能否适合现代的新潮流。自然，特殊的独身的女性，世上也并非没有，如那过去的有名的数学家Sophie Kowalewsky①，现在的思想家 Ellen Key② 等；但那是一则欲望转了向，一则思想已经透彻的。然而当学士会院以奖金表彰 Kowalewsky 的学术上的名誉时，她给朋友的信里却有这样的话："我收到各方面的贺信。运命的奇异的讥刺呀，我从来没有感到过这样的不幸。"

　　至于因为不得已而过着独身生活者，则无论男女，精神上常不免发生变化，有着执拗猜疑阴险的性质者居多。欧洲中世的教士，日本维新前的御殿女中（女内侍），中国历代的宦官，那冷酷险狠，都超出常人许多倍。别的独身者也一样，生活既不合自然，心状也就大变，觉得世事都无味，人物都可憎，看见有些天真欢乐的人，便生恨恶。尤其是因为压抑性欲之故，所以于别人的性的事件就敏感，多疑；欣羡，因而妒嫉。其实这也是势所必至的事：为社会所逼迫，表面上固不能不装作纯洁，但内心却终于逃不掉本能之力的牵掣，不自主地蠢动着缺憾之感的。

　　然而学生是青年，只要不是童养媳或继母治下出身，大抵涉世不深，觉得万事都有光明，思想言行，即与此辈正相反。此辈

---

　　① Sophie Kowalewsky：索亚娅·科瓦列夫斯卡雅（1850—1891），俄国数学家、作家。
　　② Ellen Key：爱伦·凯（1849—1926），瑞典思想家、女权运动者。

倘能回忆自己的青年时代，本来就可以了解的。然而天下所多的是愚妇人，哪里能想到这些事；始终用了她多年练就的眼光，观察一切：见一封信，疑心是情书了；闻一声笑，以为是怀春了；只要男人来访，就是情夫；为什么上公园呢，总该是赴密约。被学生反对，专一运用这种策略的时候不待言，虽在平时，也不免如此。加以中国本是流言的出产地方，"正人君子"也常以这些流言做谈资，扩势力，自造的流言尚且奉为至宝，何况是真出于学校当局者之口的呢，自然就更有价值地传布起来了。

我以为在古老的国度里，老于世故者和许多青年，在思想言行上，似乎有很远的距离，倘观以一律的眼光，结果即往往谬误。譬如中国有许多坏事，各有专名，在书籍上又偏多关于它的别名和隐语。当我编辑周刊时，所收的文稿中每有直犯这些别名和隐语的；在我，是向来避而不用。但细一查考，作者实茫无所知，因此也坦然写出；其咎却在中国的坏事的别名隐语太多，而我亦太有所知道，疑虑及避忌。看这些青年，仿佛中国的将来还有光明；但再看所谓学士大夫，却又不免令人气塞。他们的文章或者古雅，但内心真是干净者有多少。即以今年的士大夫的文言而论，章士钊呈文中的"荒学逾闲恣为无忌"，"两性衔接之机缄缔构"，"不受检制竟体忘形"，"谨愿者尽丧所守"等，可谓臻媟黩之极致了。但其实，被侮辱的青年学生们是不懂的；即使仿佛懂得，也大概不及我读过一些古文者的深切地看透作者的居心。

言归正传罢。因为人们因境遇而思想性格能有这样不同，所以在寡妇或拟寡妇所办的学校里，正当的青年是不能生活的。青年应当天真烂漫，非如她们的阴沉，她们却以为中邪了；青年应当有朝气，敢作为，非如她们的萎缩，她们却以为不安本分了：都有罪。只有极和她们相宜——说得冠冕一点罢，就是极其"婉顺"的，以她们为师法，使眼光呆滞，面肌固定，在学校所化成的阴森的家庭里屏息而行，这才能敷衍到毕业；拜领一张纸，以证明自己在这里被多年陶冶之余，已经失了青春的本来面目，成为精神上的"未字先寡"①的人物，自此又要到社会上传布此道去了。

虽然是中国，自然也有一些解放之机，虽然是中国妇女，自然也有一些自立的倾向；所可怕的是幸而自立之后，又转而凌虐还未自立的人，正如童养媳一做婆婆，也就像她的恶姑一样毒辣。我并非说凡在教育界的独身女子，一定都得去配一个男人，无非愿意她们能放开思路，再去较为远大地加以思索；一面，则希望留心教育者，想到这事乃是一个女子教育上的大问题，而有所挽救，因为我知道凡有教育学家，是决不肯说教育是没有效验的。大约中国此后这种独身者还要逐渐增加，倘使没有善法补救，则寡妇主义教育的声势，也就要逐渐浩大，许多女子，都要在那冷酷险狠的陶冶之下，失其活泼的青春，无法复活了。全国受过教育的女子，无论已嫁未嫁，有夫无夫，个个心如古井，脸若严霜，自然倒也怪好看的罢，但究竟也太不像真要人模样地生活下去了；为他贴身的使女，亲生的女儿着想，倒是还在其次的事。

我是不研究教育的，但这种危害，今年却因为或一机会，深切地感到了，所以就趁《妇女周刊》②征文的机会，将我的所感说出。

一九二五年十一月二十三日。

＊本篇最初发表于一九二五年十二月二十日《京报》附刊《妇女周刊》周年纪念特号。

① "未字先寡"：在未许婚时心情就已同寡妇一样。
② 《妇女周刊》：当时北京《京报》的附刊之一。

论"费厄泼赖"应该缓行

一 解 题

《语丝》五七期上语堂先生曾经讲起"费厄泼赖"（fair play），以为此种精神在中国最不易得，我们只好努力鼓励；又谓不"打落水狗"，即足以补充"费厄泼赖"的意义。我不懂英文，因此也不明这字的含义究竟怎样，如果不"打落水狗"也即这种精神之一体，则我却很想有所议论。但题目上不直书"打落水狗"者，乃为回避触目起见，即并不一定要在头上强装"义角"①之意。总而言之，不过说是"落水狗"未始不可打，或者简直应该打而已。

二 论"落水狗"有三种，大都在可打之列

今之论者，常将"打死老虎"与"打落水狗"相提并论，以为都近于卑怯。我以为"打死老虎"者，装怯作勇，颇含滑稽，虽然不免有卑怯之嫌，却怯得令人可爱。至于"打落水狗"，则并不如此简单，当看狗之怎样，以及如何落水而定。考落水原因，大概可有三种：(1)狗自己失足落水者，(2)别人打落者，(3)亲自打落者。倘遇前二种，便即附和去打，自然过于无聊，或者竟近于卑怯；但若与狗奋战，亲手打其落水，则虽用竹竿又在水中从

---

① "义角"：假角。此句讽刺陈西滢。

而痛打之,似乎也非已甚,不得与前二者同论。

听说刚勇的拳师,决不再打那已经倒地的敌手,这实足使我们奉为楷模。但我以为尚须附加一事,即敌手也须是刚勇的斗士,一败之后,或自愧自悔而不再来,或尚须堂皇地来相报复,那当然都无不可。而于狗,却不能引此为例,与对等的敌手齐观,因为无论它怎样狂嗥〔háo,大声叫〕,其实并不解什么"道义";况且狗是能浮水的,一定仍要爬到岸上,倘不注意,它先就耸身一摇,将水点洒得人们一身一脸,于是夹着尾巴逃走了。但后来性情还是如此。老实人将它的落水认作受洗,以为必已忏悔,不再出而咬人,实在是大错而特错的事。

总之,倘是咬人之狗,我觉得都在可打之列,无论它在岸上或在水中。

三　论巴儿狗尤非打落水里,又从而打之不可

巴儿狗一名哈吧狗,南方却称为西洋狗了,但是,听说倒是中国的特产,在万国赛狗会里常常得到金奖牌,《大不列颠百科全书》的狗照相上,就很有几匹是咱们中国的巴儿狗。这也是一种国光。但是,狗和猫不是仇敌么？它却虽然是狗,又很像猫,折中、公允、调和、平正之状可掬,悠悠然摆出别个无不偏激,唯独自己得了"中庸之道"似的脸来。因此也就为阔人、太监、太太、小姐们所钟爱,种子绵绵不绝。它的事业,只是以伶俐的皮毛获得贵人豢〔huàn,喂养,特指喂养牲畜〕养,或者中外的娘儿们上街的时候,脖子上拴了细链子跟在脚后跟。

这些就应该先行打它落水,又从而打之;如果它自坠入水,其实也不妨又从而打之,但若是自己过于要好,自然不打亦可,然而也不必为之叹息。巴儿狗如可宽容,别的狗也大可不必打了,因为它们虽然非常势利,但究竟还有些像狼,带着野性,不至于如此骑墙。

以上是顺便说及的话，似乎和本题没有大关系。

四　论不"打落水狗"是误人子弟的

总之，落水狗的是否该打，第一是在看它爬上岸了之后的态度。

狗性总不大会改变的，假使一万年之后，或者也许要和现在不同，但我现在要说的是现在。如果以为落水之后，十分可怜，则害人的动物，可怜者正多，便是霍乱病菌，虽然生殖得快，那性格却何等的老实。然而医生是决不肯放过它的。

现在的官僚和土绅士或洋绅士，只要不合自意的，便说是赤化，是共产；民国元年以前稍不同，先是说康党，后是说革党，甚至于到官里去告密，一面固然在保全自己的尊荣，但也未始没有那时所谓"以人血染红顶子"①之意。可是革命终于起来了，一群臭架子的绅士们，便立刻皇皇然若丧家之狗，将小辫子盘在头顶上。革命党也一派新气——绅士们先前所深恶痛绝的新气，"文明"得可以；说是"咸与维新"了，我们是不打落水狗的，听凭它们爬上来罢。于是它们爬上来了，伏到民国二年下半年，二次革命的时候，就突出来帮着袁世凯咬死了许多革命人，中国又一天一天沉入黑暗里，一直到现在，遗老不必说，连遗少也还是那么多。这就因为先烈的好心，对于鬼蜮〔yù，传说中在水里暗中害人的怪物〕的慈悲，使它们繁殖起来，而此后的明白青年，为反抗黑暗计，也就要花费更多更多的气力和生命。

秋瑾女士，就是死于告密的，革命后暂时称为"女侠"，现在是不大听见有人提起了。革命一起，她的故乡就到了一个都督——等于现在之所谓督军——也是她的同志：王金发。他捉住了杀害她的谋主，调集了告密的案卷，要为她报仇。然而终于

---

① "以人血染红顶子"：指清末官僚捕杀异党。

将那谋主释放了，据说是因为已经成了民国，大家不应该再修旧怨罢。但等到二次革命失败后，王金发却被袁世凯的走狗枪决了，与有力的是他所释放的杀过秋瑾的谋主。

这人现在也已"寿终正寝"了，但在那里继续跳踉出没着的也还是这一流人，所以秋瑾的故乡也还是那样的故乡，年复一年，丝毫没有长进。从这一点看起来，生长在可为中国模范的名城①里的杨荫榆女士和陈西滢先生，真是洪福齐天。

五　论塌台人物不当与"落水狗"相提并论

"犯而不校"②是恕道，"以眼还眼以牙还牙"③是直道。中国最多的却是枉道：不打落水狗，反被狗咬了。但是，这其实是老实人自己讨苦吃。

俗语说："忠厚是无用的别名"，也许太刻薄一点罢，但仔细想来，却也觉得并非唆人作恶之谈，乃是归纳了许多苦楚的经历之后的警句。譬如不打落水狗说，其成因大概有二：一是无力打；二是比例错。前者且勿论；后者的大错就又有二：一是误将塌台人物和落水狗齐观，二是不辨塌台人物又有好有坏，于是视同一律，结果反成为纵恶。即以现在而论，因为政局的不安定，真是此起彼伏如转轮，坏人靠着冰山，恣行无忌，一旦失足，忽而乞怜，而曾经亲见，或亲受其噬啮〔niè，咬〕的老实人，乃忽以"落水狗"视之，不但不打，甚至于还有哀矜之意，自以为公理已申，侠义这时正在我这里。殊不知它何尝真是落水，巢窟是早已造好的了，食料是早经储足的了，并且都在租界里。虽然有时似乎

---

①　中国模范的名城：指江苏无锡。
②　"犯而不校"：犯，冒犯、触犯；校，计较。意思是别人冒犯了自己也不计较，宽宏大量。
③　"以眼还眼以牙还牙"：比喻针锋相对，用对方所使用的手段回敬对方。

受伤，其实并不，至多不过是假装跛脚，聊以引起人们的恻隐之心，可以从容避匿罢了。他日复来，仍旧先咬老实人开手，"投石下井"，无所不为，寻起原因来，一部分就正因为老实人不"打落水狗"之故。所以，要是说得苛刻一点，也就是自家掘坑自家埋，怨天尤人，全是错误的。

六　论现在还不能一味"费厄"

仁人们或者要问：那么，我们竟不要"费厄泼赖"么？我可以立刻回答：当然是要的，然而尚早。这就是"请君入瓮"①法。虽然仁人们未必肯用，但我还可以言之成理。土绅士或洋绅士们不是常常说，中国自有特别国情，外国的平等自由等等，不能适用么？我以为这"费厄泼赖"也是其一。否则，他对你不"费厄"，你却对他去"费厄"，结果总是自己吃亏，不但要"费厄"而不可得，并且连要不"费厄"而亦不可得。所以要"费厄"，最好是首先看清对手，倘是些不配承受"费厄"的，大可以老实不客气；待到它也"费厄"了，然后再与它讲"费厄"不迟。

这似乎很有主张二重道德之嫌，但是也出于不得已，因为倘不如此，中国将不能有较好的路。中国现在有许多二重道德，主与奴，男与女，都有不同的道德，还没有划一。要是对"落水狗"和"落水人"独独一视同仁，实在未免太偏，太早，正如绅士们之所谓自由平等并非不好，在中国却微嫌太早一样。所以倘有人要普遍施行"费厄泼赖"精神，我以为至少须俟所谓"落水狗"者带有人气之后。但现在自然也非绝不可行，就是，有如上文所说：要看清对手。而且还要有等差，即"费厄"必视对手之如何而施，无论其怎样落水，为人也则帮之，为狗也则不管之，为坏狗也则打之。一言以蔽之："党同伐异"而已矣。

---

① "请君入瓮"：意思是设个圈套让别人主动往里钻。

满心"婆理"而满口"公理"的绅士们的名言暂且置之不论不议之列，即使真心人所大叫的公理，在现今的中国，也还不能救助好人，甚至于反而保护坏人。因为当坏人得志，虐待好人的时候，即使有人大叫公理，他决不听从，叫喊仅止于叫喊，好人仍然受苦。然而偶有一时，好人或稍稍崛起，则坏人本该落水了，可是，真心的公理论者又"勿报复"呀，"仁恕"呀，"勿以恶抗恶"呀……地大嚷起来。这一次却发生实效，并非空嚷了：好人正以为然，而坏人于是得救。但他得救之后，无非以为占了便宜，何尝改悔；并且因为是早已营就三窟，又善于钻谋的，所以不多时，也就依然声势赫奕，作恶又如先前一样。这时候，公理论者自然又要大叫，但这回他却不听你了。

但是，"疾恶太严""操之过急"，汉的清流①和明的东林②，却正以这一点倾败，论者也常常这样责备他们。殊不知那一面，何尝不"疾善如仇"呢？人们却不说一句话。假使此后光明和黑暗还不能作彻底的战斗，老实人误将纵恶当作宽容，一味姑息下去，则现在似的混沌状态，是可以无穷无尽的。

七 论"即以其人之道还治其人之身"

中国人或信中医或信西医，现在较大的城市中往往并有两种医，使他们各得其所。我以为这确是极好的事。倘能推而广之，怨声一定还要少得多，或者天下竟可以臻于郅治。例如民国的通礼是鞠躬，但若有人以为不对的，就独使他磕头。民国的法律是没有笞刑的，倘有人以为肉刑好，则这人犯罪时就特别打屁

---

① 清流：本指负有时望、不肯与奸党同流合污的士大夫。此处特指东汉末年的清流党，以李膺、郭泰、陈蕃等人为首，反对宦官专权。

② 东林：东林党，明朝万历皇帝后期形成的江南士大夫集团。主要成员有顾宪成、高攀龙等。

股。碗筷饭菜，是为今人而设的，有愿为燧人氏以前之民者，就请他吃生肉；再造几千间茅屋，将在大宅子里仰慕尧舜的高士都拉出来，给住在那里面；反对物质文明的，自然更应该不使他衔冤坐汽车。这样一办，真所谓"求仁得仁又何怨"，我们的耳根也就可以清净许多罢。

但可惜大家总不肯这样办，偏要以己律人，所以天下就多事。"费厄泼赖"尤其有流弊，甚至于可以变成弱点，反给恶势力占便宜。例如刘百昭①殴曳女师大学生，《现代评论》上连屁也不放，一到女师大恢复，陈西滢鼓动女大学生占据校舍时，却道"要是她们不肯走便怎样呢？你们总不好意思用强力把她们的东西搬走了罢？"殴而且拉，而且搬，是有刘百昭的先例的，何以这一回独独"不好意思"？这就因为给他嗅到了女师大这一面有些"费厄"气味之故。但这"费厄"却又变成弱点，反而给人利用了来替章士钊的"遗泽"保镖〔biāo，同"镖"〕。

八 结 末

或者要疑我上文所言，会激起新旧，或什么两派之争，使恶感更深，或相持更烈罢。但我敢断言，反改革者对于改革者的毒害，向来就并未放松过，手段的厉害也已经无以复加了。只有改革者却还在睡梦里，总是吃亏，因而中国也总是没有改革，自此以后，是应该改换些态度和方法的。

一九二五年十二月二十九日。

＊本篇最初发表于一九二六年一月十日《莽原》半月刊第一期。

---

① 刘百昭：章士钊等人的干将，时为北洋政府教育部专门教育司司长。

写在《坟》后面

在听到我的杂文已经印成一半的消息的时候,我曾经写了几行题记,寄往北京去。当时想到便写,写完便寄,到现在还不满二十天,早已记不清说了些什么了。今夜周围是这么寂静,屋后面的山脚下腾起野烧的微光;南普陀寺①还在做牵丝傀儡戏,时时传来锣鼓声,每一间隔中,就更加显得寂静。电灯自然是辉煌着,但不知怎地忽有淡淡的哀愁来袭击我的心,我似乎有些后悔印行我的杂文了。我很奇怪我的后悔;这在我是不大遇到的,到如今,我还没有深知道所谓悔者究竟是怎么一回事。但这心情也随即逝去,杂文当然仍在印行,只为想驱逐自己目下的哀愁,我还要说几句话。

记得先已说过:这不过是我的生活中的一点陈迹。如果我的过往,也可以算作生活,那么,也就可以说,我也曾工作过了。但我并无喷泉一般的思想,伟大华美的文章,既没有主义要宣传,也不想发起一种什么运动。不过我曾经尝得,失望无论大小,是一种苦味,所以几年以来,有人希望我动动笔的,只要意见不很相反,我的力量能够支撑,就总要勉力写几句东西,给来者一些极微末的欢喜。人生多苦辛,而人们有时却极容易得到安慰,又何必惜一点笔墨,给多尝些孤独的悲哀呢? 于是除小说杂感之外,逐渐又有了长长短短的杂文十多篇。其间自然也有为卖钱而作的,这回就都混在一处。我的生命的一部分,就这样地

---

① 南普陀寺:原名普照寺,唐开元年间建。

用去了,也就是做了这样的工作。然而我至今终于不明白我一向是在做什么。比方做土工的罢,做着做着,而不明白是在筑台呢还是在掘坑。所知道的是即使是筑台,也无非要将自己从那上面跌下来或者显示老死;倘是掘坑,那就当然不过是埋掉自己。总之:逝去,逝去,一切一切,和光阴一同早逝去,在逝去,要逝去了。——不过如此,但也为我所十分甘愿的。

然而这大约也不过是一句话。当呼吸还在时,只要是自己的,我有时却也喜欢将陈迹收存起来,明知不值一文,总不能绝无眷恋,集杂文而名之曰"坟",究竟还是一种取巧的掩饰。刘伶①喝得酒气熏天,使人荷锸〔chā,铁锹〕跟在后面,道:死便埋我。虽然自以为放达,其实是只能骗骗极端老实人的。

所以这书的印行,在自己就是这么一回事。至于对别人,记得在先也已说过,还有愿使偏爱我的文字的主顾得到一点喜欢;憎恶我的文字的东西得到一点呕吐——我自己知道,我并不大度,那些东西因我的文字而呕吐,我也很高兴的。别的就什么意思也没有了。倘若硬要说出好处来,那么,其中所介绍的几个诗人的事,或者还不妨一看;最末的论"费厄泼赖"这一篇,也许可供参考罢,因为这虽然不是我的血所写,却是见了我的同辈和比我年幼的青年们的血而写的。

偏爱我的作品的读者,有时批评说,我的文字是说真话的。这其实是过誉,那原因就因为他偏爱。我自然不想太欺骗人,但也未尝将心里的话照样说尽,大约只要看得可以交卷就算完。我的确时时解剖别人,然而更多的是更无情面地解剖我自己,发表一点,酷爱温暖的人物已经觉得冷酷了,如果全露出我的血肉来,末路正不知要到怎样。我有时也想就此驱除旁人,到那时还不唾弃我的,即使是枭蛇鬼怪,也是我的朋友,这才真是我的朋

---

① 刘伶:"竹林七贤"之一,以嗜酒放诞著称,曾著《酒德论》一文。

友。倘使并这个也没有，则就是我一个人也行。但现在我并不。因为，我还没有这样勇敢，那原因就是我还想生活，在这社会里。还有一种小缘故，先前也曾屡次声明，就是偏要使所谓正人君子也者之流多不舒服几天，所以自己便特地留几片铁甲在身上，站着，给他们的世界上多有一点缺陷，到我自己厌倦了，要脱掉了的时候为止。

倘说为别人引路，那就更不容易了，因为连我自己还不明白应当怎么走。中国大概很有些青年的"前辈"和"导师"罢，但那不是我，我也不相信他们。我只很确切地知道一个终点，就是：坟。然而这是大家都知道的，无须谁指引。问题是在从此到那的道路。那当然不止一条，我可正不知哪一条好，虽然至今有时也还在寻求。在寻求中，我就怕我未熟的果实偏偏毒死了偏爱我的果实的人，而憎恨我的东西如所谓正人君子也者偏偏都矍〔jué，形容年老而有精神的样子〕铄，所以我说话常不免含糊，中止，心里想：对于偏爱我的读者的赠献，或者最好倒不如是一个"无所有"。我的译著的印本，最初，印一次是一千，后来加五百，近时是二千至四千，每一增加，我自然是愿意的，因为能赚钱，但也伴着哀愁，怕于读者有害，因此作文就时常更谨慎，更踌躇。有人以为我信笔写来，直抒胸臆，其实是不尽然的，我的顾忌并不少。我自己早知道毕竟不是什么战士了，而且也不能算前驱，就有这么多的顾忌和回忆。还记得三四年前，有一个学生来买我的书，从衣袋里掏出钱来放在我手里，那钱上还带着体温。这体温便烙印了我的心，至今要写文字时，还常使我怕毒害了这类的青年，迟疑不敢下笔。我毫无顾忌地说话的日子，恐怕要未必有了罢。但也偶尔想，其实倒还是毫无顾忌地说话，对得起这样的青年。但至今也还没有决心这样做。

今天所要说的话也不过是这些，然而比较地却可以算得真实。此外，还有一点余文。

记得初提倡白话的时候，是得到各方面剧烈的攻击的。后来白话渐渐通行了，势不可遏，有些人便一转而引为自己之功，美其名曰"新文化运动"。又有些人便主张白话不妨作通俗之用；又有些人却道白话要做得好，仍须看古书。前一类早已二次转舵，又反过来嘲骂"新文化"了；后二类是不得已的调和派，只希图多留几天僵尸，到现在还不少。我曾在杂感上抨击过的。

新近看见一种上海出版的期刊，也说起要做好白话须读好古文，而举例为证的人名中，其一却是我。这实在使我打了一个寒噤。别人我不论，若是自己，则曾经看过许多旧书，是的确的，为了教书，至今也还在看。因此耳濡目染，影响到所做的白话上，常不免流露出它的字句、体格来。但自己却正苦于背了这些古老的鬼魂，摆脱不开，时常感到一种使人气闷的沉重。就是思想上，也何尝不中些庄周韩非的毒，时而很随便，时而很峻急。孔孟的书我读得最早，最熟，然而倒似乎和我不相干。大半也因为懒惰罢，往往自己宽解，以为一切事物，在转变中，是总有多少中间物的。动植之间，无脊椎和脊椎动物之间，都有中间物；或者简直可以说，在进化的链子上，一切都是中间物。当开首改革文章的时候，有几个不三不四的作者，是当然的，只能这样，也需要这样。他的任务，是在有些警觉之后，喊出一种新声；又因为从旧垒中来，情形看得较为分明，反戈一击，易制强敌的死命。但仍应该和光阴偕逝，逐渐消亡，至多不过是桥梁中的一木一石，并非什么前途的目标、范本。跟着起来便该不同了，倘非天纵之圣，积习当然也不能顿然荡除，但总得更有新气象。以文字论，就不必更在旧书里讨生活，却将活人的唇舌作为源泉，使文章更加接近语言，更加有生气。至于对于现在人民的语言的穷乏欠缺，如何救济，使他丰富起来，那也是一个很大的问题，或者也须在旧文中取得若干资料，以供使役，但这并不在我现在所要说的范围以内,姑且不论。

我以为我倘十分努力,大概也还能够博采口语,来改革我的文章。但因为懒而且忙,至今没有做。我常疑心这和读了古书很有些关系,因为我觉得古人写在书上的可恶思想,我的心里也常有,能否忽而奋勉,是毫无把握的。我常常诅咒我的这思想,也希望不再见于后来的青年。去年我主张青年少读,或者简直不读中国书,乃是用许多苦痛换来的真话,决不是聊且快意,或什么玩笑,愤激之词。古人说,不读书便成愚人,那自然也不错的。然而世界却正由愚人造成,聪明人决不能支持世界,尤其是中国的聪明人。现在呢,思想上且不说,便是文辞,许多青年作者又在古文,诗词中摘些好看而难懂的字面,作为变戏法的手巾,来装潢自己的作品了。我不知这和劝读古文说可有相关,但正在复古,也就是新文艺的试行自杀,是显而易见的。

不幸我的古文和白话合成的杂集,又恰在此时出版了,也许又要给读者若干毒害。只是在自己,却还不能毅然决然将它毁灭,还想借此暂时看看逝去的生活的余痕。唯愿偏爱我的作品的读者也不过将这当作一种纪念,知道这小小的丘陇中,无非埋着曾经和过的躯壳。待再经若干岁月,又当化为烟埃,并纪念也从人间消去,而我的事也就完毕了。上午也正在看古文,记起了几句陆士衡①的吊曹孟德文,便拉来给我的这一篇作结——

既睎〔xī,仰慕;希望〕古以遗累,信简礼而薄葬。

彼裘绂〔fú,古代系印纽的丝绳,亦指官印〕于何有,贻尘谤于后王。

嗟大恋之所存,故虽哲而不忘。

---

① 陆士衡(261—303):陆机,晋代文学家。

览遗籍以慷慨，献兹文而凄伤！

一九二六年十一月十一夜，鲁迅。

＊本篇最初发表于一九二六年十二月四日《语丝》周刊第一〇八期。

华 盖 集

题　记

　　在一年的尽头的深夜中,整理了这一年所写的杂感,竟比收在《热风》里的整四年中所写的还要多。意见大部分还是那样,而态度却没有那么质直了,措辞也时常弯弯曲曲,议论又往往执滞在几件小事情上,很足以贻笑于大方之家。然而那又有什么法子呢。我今年偏遇到这些小事情,而偏有执滞于小事情的脾气。

　　我知道伟大的人物能洞见三世,观照一切,历大苦恼,尝大欢喜,发大慈悲。但我又知道这必须深入山林,坐古树下,静观默想,得天眼通,离人间愈远遥,而知人间也愈深,愈广;于是凡有言说,也愈高,愈大;于是而为天人师。我幼时虽曾梦想飞空,但至今还在地上,救小创伤尚且来不及,哪有余暇使心开意豁,立论都公允妥洽,平正通达,像“正人君子”一般;正如沾水小蜂,只在泥土上爬来爬去,万不敢比附洋楼中的通人①,但也自有悲苦愤激,绝非洋楼中的通人所能领会。

　　这病痛的根底就在我活在人间,又是一个常人,能够交着“华盖运”。

　　我平生没有学过算命,不过听老年人说,人是有时要交“华盖运”的。这“华盖”在他们口头上大概已经讹作“镬〔huò,锅〕盖”了,现在加以订正。所以,这运,在和尚是好运:顶有华盖,自然是成佛做祖之兆。但俗人可不行,华盖在上,就要给罩住了,只好碰钉子。我今年开手作杂感时,就碰了两个大钉子:一

_____

　　①　通人:博古通今、学识渊博的人。讽刺陈西滢。

是为了《咬文嚼字》，一是为了《青年必读书》。署名和匿名的豪杰之士的骂信，收了一大捆，至今还塞在书架下。此后又突然遇见了一些所谓学者、文士、正人、君子等等，据说都是讲公话，谈公理，而且深不以"党同伐异"为然的。可惜我和他们太不同了，所以也就被他们伐了几下——但这自然是为"公理"之故，和我的"党同伐异"不同。这样，一直到现下还没有完结，只好"以待来年"。

也有人劝我不要做这样的短评。那好意，我是很感激的，而且也并非不知道创作之可贵。然而要做这样的东西的时候，恐怕也还要做这样的东西，我以为如果艺术之宫里有这么麻烦的禁令，倒不如不进去；还是站在沙漠上，看看飞沙走石，乐则大笑，悲则大叫，愤则大骂，即使被沙砾打得遍身粗糙，头破血流，而时时抚摩自己的凝血，觉得若有花纹，也未必不及跟着中国的文士们①去陪莎士比亚吃黄油面包之有趣。

然而只恨我的眼界小，单是中国，这一年的大事件也可以算是很多的了，我竟往往没有论及，似乎无所感触。我早就很希望中国的青年站出来，对于中国的社会、文明，都毫无忌惮地加以批评，因此曾编印《莽原周刊》，作为发言之地，可惜来说话的竟很少。在别的刊物上，倒大抵是对于反抗者的打击，这实在是使我怕敢想下去的。

现在是一年的尽头的深夜，深得这夜将尽了，我的生命，至少是一部分的生命，已经耗费在写这些无聊的东西中，而我所获得的，乃是我自己的灵魂的荒凉和粗糙。但是我并不惧惮这些，也不想遮盖这些，而且实在有些爱他们了，因为这是我转辗而生活于风沙中的瘢痕。凡有自己也觉得在风沙中转辗而生活着的，会知道这意思。

我编《热风》时，除遗漏的之外，又删去了好几篇。这一回

---

① 文士们：指陈西滢、徐志摩等人。

却小有不同了，一时的杂感一类的东西，几乎都在这里面。

　　一九二五年十二月三十一日之夜，记于绿林书屋①东壁下。

＊本篇最初发表于一九二六年一月二十五日《莽原》半月刊第二期。

------

　　①　绿林书屋：鲁迅戏称自己的书室为"绿林书屋"。

青年必读书

——应《京报副刊》的征求

青年必读书	从来没有留心过， 所以现在说不出。
附注	但我要趁这机会，略说自己的经验，以供若干读者的参考—— 　　我看中国书时，总觉得就沉静下去，与实人生离开；读外国书——但除了印度——时，往往就与人生接触，想做点事。 　　中国书虽有劝人入世的话，也多是僵尸的乐观；外国书即使是颓唐和厌世的，但却是活人的颓唐和厌世。 　　我以为要少——或者竟不——看中国书，多看外国书。 　　少看中国书，其结果不过不能作文而已。但现在的青年最要紧的是"行"，不是"言"。只要是活人，不能作文算什么大不了的事。 　　　　　　　　　　　　　　　　二月十日。

*本篇最初发表于一九二五年二月二十一日《京报副刊》。

忽然想到 (一至四)

一

做《内经》的不知道究竟是谁。对于人的肌肉,他确是看过,但似乎单是剥了皮略略一观,没有细考校,所以乱成一片,说是凡有肌肉都发源于手指和足趾。宋的《洗冤录》①说人骨,竟至于谓男女骨数不同;老仵作之谈,也有不少胡说。然而直到现在,前者还是医家的宝典,后者还是检验的南针:这可以算得天下奇事之一。

牙痛在中国不知发端于何人?相传古人壮健,尧舜时代盖未必有;现在假定为起于二千年前罢。我幼时曾经牙痛,历试诸方,只有用细辛②者稍有效,但也不过麻痹片刻,不是对症药。至于拔牙的所谓"离骨散",乃是理想之谈,实际上并没有。西法的牙医一到,这才根本解决了;但在中国人手里再传,又每每只学得镶补而忘了去腐杀菌,仍复渐渐地靠不住起来。牙痛了二千年,敷敷衍衍地不想一个好方法,别人想出来了,却又不肯好好地学:这大约也可以算得天下奇事之二罢。

康圣人③主张跪拜,以为"否则要此膝何用"。走时的腿的动作,固然不易于看得分明,但忘记了坐在椅上时候的膝的曲

---

① 《洗冤录》:宋代宋慈著,是一部较完整的法医学专著。
② 细辛:多年生草本植物,中医以全草入药。
③ 康圣人:指康有为。

直,则不可谓非圣人之疏于格物也。身中间脖颈最细,古人则于此斫之,臀肉最肥,古人则于此打之,其格物都比康圣人精到,后人之爱不忍释,实非无因。所以僻县尚打小板子,去年北京戒严时亦尝恢复杀头,虽延国粹于一脉乎,而亦不可谓非天下奇事之三也!

一月十五日。

二

校着《苦闷的象征》的排印样本时,想到一些琐事——

我于书的形式上有一种偏见,就是在书的开头和每个题目前后,总喜欢留些空白,所以付印的时候,一定明白地注明。但待排出寄来,却大抵一篇一篇挤得很紧,并不依所注的办。查看别的书,也一样,多是行行挤得极紧的。

较好的中国书和西洋书,每本前后总有一两张空白的副页,上下的天地头也很宽。而近来中国的排印的新书则大抵没有副页,天地头又都很短,想要写上一点意见或别的什么,也无地可容,翻开书来,满本是密密层层的黑字;加以油臭扑鼻,使人发生一种压迫和窘促之感,不特很少“读书之乐”,且觉得仿佛人生已没有“余裕”,“不留余地”了。

或者也许以这样的为质朴罢。但质朴是开始的“陋”,精力弥满,不惜物力的。现在的却是复归于陋,而质朴的精神已失,所以只能算窳败,算堕落,也就是常谈之所谓“因陋就简”。在这样“不留余地”空气的围绕里,人们的精神大抵要被挤小的。

外国的平易地讲述学术文艺的书,往往夹杂些闲话或笑谈,使文章增添活气,读者感到格外的兴趣,不易于疲倦。但中国的有些译本,却将这些删去,单留下艰难的讲学语,使他复近于教科书。这正如折花者,除尽枝叶,单留花朵,折花固然是折花,然而花枝的活气却灭尽了。人们到了失去余裕心,或不自觉地满抱了不留余地心时,这民族的将来恐怕就可虑。上述的那两样,固然是比牛毛还细小的事,但究竟是时代精神表现之一端,所以也可以类推到别样。例如现在器具之轻薄草率(世间误以为灵便),建筑之偷工减料,办事之敷衍一时,不要"好看",不想"持久",就都是出于同一病源的。即再用这来类推更大的事,我以为也行。

一月十七日。

三

我想,我的神经也许有些瞀乱了。否则,那就可怕。

我觉得仿佛久没有所谓中华民国。

我觉得革命以前,我是做奴隶;革命以后不多久,就受了奴隶的骗,变成他们的奴隶了。

我觉得有许多民国国民而是民国的敌人。

我觉得有许多民国国民很像住在德法等国里的犹太人,他们的意中别有一个国度。

我觉得许多烈士的血都被人们踏灭了,然而又不是故意的。

我觉得什么都要重新做过。

退一万步说罢,我希望有人好好地做一部民国的建国史给少年看,因为我觉得民国的来源,实在已经失传了,虽然还只有十四年!

二月十二日。

四

先前,听到二十四史不过是"相斫书",是"独夫的家谱"一类的话,便以为诚然。后来自己看起来,明白了:何尝如此。

历史上都写着中国的灵魂,指示着将来的命运,只因为涂饰太厚,废话太多,所以很不容易查出底细来。正如通过密叶投射在霉苔上面的月光,只看见点点的碎影。但如看野史和杂记,可更容易了然了,因为它们究竟不必太摆史官的架子。

秦汉远了,和现在的情形相差已多,且不道。元人著作寥寥。至于唐宋明的杂史之类,则现在多有。试将记五代、南宋、明末的事情的,和现今的状况一比较,就当惊心动魄于何其相似之甚,仿佛时间的流逝,独与我们中国无关。现在的中华民国也还是五代,是宋末,是明季。

以明末例现在,则中国的情形还可以更腐败,更破烂,更凶酷,更残虐,现在还不算达到极点。但明末的腐败破烂也还未达到极点,因为李自成张献忠闹起来了。而张李的凶酷残虐也还未达到极点,因为满洲兵进来了。

难道所谓国民性者,真是这样地难于改变的么?倘如此,将来的命运便大略可想了,也还是一句烂熟的话:古已有之。

伶俐人实在伶俐,所以,决不攻难古人,摇动古例的。古人做过的事,无论什么,今人也都会做出来。而辩护古人,也就是辩护自己。况且我们是神州华胄,敢不"绳其祖武"①么?

幸而谁也不敢十分决定说:国民性是决不会改变的。在这"不可知"中,虽可有破例——即其情形为从来所未有——的灭亡的恐怖,也可以有破例的复生的希望,这或者可做改革者的一点慰藉罢。

故乡

---

① "绳其祖武":绳,继续;武,步伐。

但这一点慰藉,也会勾销在许多自诩古文明者流的笔上,淹死在许多诬告新文明者流的嘴上,扑灭在许多假冒新文明者流的言动上,因为相似的老例,也是"古已有之"的。

　　其实这些人是一类,都是伶俐人,也都明白,中国虽完,自己的精神是不会苦的——因为都能变出合适的态度来。倘有不信,请看清朝的汉人所做的颂扬武功的文章去,开口"大兵",闭口"我军",你能料得到被这"大兵""我军"所败的就是汉人的么? 你将以为汉人带了兵将别的一种什么野蛮腐败民族歼灭了。

　　然而这一流人是永远胜利的,大约也将永久存在。在中国,唯他们最适于生存,而他们生存着的时候,中国便永远免不掉反复着先前的运命。

　　"地大物博,人口众多",用了这许多好材料,难道竟不过老是演一出轮回把戏而已么?

二月十六日。

*本篇最初分四次发表于一九二五年一月十七日、二十日、二月十四日、二十日《京报副刊》。

通 讯

一

旭生①先生：

前天收到《猛进》第一期，我想是先生寄来的，或者是玄伯②先生寄来的。无论是谁寄的，总之：我谢谢。

那一期里有论市政的话，使我忽然想起一件不相干的事来。我现在住在一条小胡同里，这里有所谓土车者，每月收几吊钱，将煤灰之类搬出去。搬出去怎么办呢？就堆在街道上，这街就每日增高。有几所老房子，只有一半露出在街上的，就正在预告着别的房屋的将来。我不知道什么缘故，见了这些人家，就像看见了中国人的历史。

姓名我忘记了，总之是一个明末的遗民，他曾将自己的书斋题作"活埋庵"③。谁料现在的北京的人家，都在建造"活埋庵"，还要自己拿出建造费。看看报章上的论坛，"反改革"的空气浓厚透顶了，满车的"祖传""老例""国粹"等等，都想来堆在道路上，将所有的人家完全活埋下去。"强聒不舍"④，也许是一个药方罢，但据我所见，则有些人们——甚至于竟是青年——的

① 旭生：即徐炳昶(1888—1976)，当时的北京大学哲学系教授。
② 玄伯：李宗侗，字玄伯，河北高阳人，当时任北京大学法文系教授。
③ "活埋庵"：指徐树丕，字武子，号活埋庵道人，明末秀才。
④ "强聒不舍"：出自《庄子·天下》。意思是说了又说，不肯停止。

论调,简直和"戊戌政变"时候的反对改革者的论调一模一样。你想,二十七年了,还是这样,岂不可怕。大约国民如此,是决不会有好的政府的;好的政府,或者反而容易倒。也不会有好议员的;现在常有人骂议员,说他们收贿,无特操,趋炎附势,自私自利,但大多数的国民,岂非正是如此的么? 这类的议员,其实确是国民的代表。

我想,现在的办法,首先还得用那几年以前《新青年》上已经说过的"思想革命"。还是这一句话,虽然未免可悲,但我以为除此没有别的法。而且还是准备"思想革命"的战士,和目下的社会无关。待到战士养成了,于是再决胜负。我这种迂远而且渺茫的意见,自己也觉得是可叹的,但我希望于《猛进》的,也终于还是"思想革命"。

鲁迅。三月十二日。

鲁迅先生:

你所说的"二十七年了,还是这样,"诚哉是一件极"可怕"的事情。人类思想里面,本来有一种惰性的东西,我们中国人的惰性更深。惰性表现的形式不一,而最普通的,第一就是听天任命,第二就是中庸。听天任命和中庸的空气打不破,我国人的思想,永远没有进步的希望。

你所说的"讲话和写文章,似乎都是失败者的征象。正在和运命恶战的人,顾不到这些。"实在是最痛心的话。但是我觉得从另外一方面看,还有许多人讲话和写文章,还可以证明人心的没有全死。可是这里需要有分别,必须要是一种不平的呼声,不管是冷嘲或热骂,才是人心未全死的证验。如果不是这样,换句话说,如果他的文章里面,不用很多的"!",不管他说的写的怎么样好听,那人心已经全死,亡国不亡国,倒是第二个问题。

"思想革命"，诚哉是现在最重要不过的事情，但是我总觉得《语丝》《现代评论》和我们的《猛进》，就是合起来，还负不起这样的使命。我有两种希望：第一希望大家集合起来，办一个专讲文学思想的月刊。里面的内容，水平线并无庸过高，破坏者居其六七，介绍新者居其三四。这样一来，大学或中学的学生有一种消闲的良友，与思想的进步上，总有很大的裨益。我今天给适之先生略谈几句，他说现在我们办月刊很难，大约每月出八万字，还属可能，如若想出十一二万字，就几乎不可能。我说你又何必拘定十一二万字才出，有七八万就出七八万，即使再少一点，也未尝不可，要之有它总比没有它好得多。这是我第一个希望。第二我希望有一种通俗的小日报。现在的《第一小报》，似乎就是这一类的。这个报我只看见三两期，当然无从批评起，但是我们的印象：第一，是篇幅太小，至少总要再加一半才敷用；第二，这种小报总要记清是为民众和小学校的学生看的。所以思想虽需要极新，话却要写得极浅显。所有专门术语和新名词，能躲避到什么步田地躲到什么步田地。《第一小报》对于这一点，似还不很注意。这样良好的通俗小日报，是我第二种的希望。拉拉杂杂写来，漫无伦叙。你的意思以为何如？

　　　　　　　　　　　　　　　徐炳昶。三月十六日。

二

旭生先生：

　　给我的信早看见了，但因为琐琐的事情太多，所以到现在才能作答。

　　有一个专讲文学思想的月刊，确是极好的事，字数的多少，倒不算什么问题。第一为难的却是撰人，假使还是这几个人，结果即还是一种增大的某周刊或合订的各周刊之类。况且撰人一多，则因为希图保持内容的较为一致起见，即不免有互相迁就之处，很容易变为和平中正，吞吞吐吐的东西，而无聊之状于是乎可掬。现在的各种小周刊，虽然量少力微，却是小集团或单身的短兵战，在黑暗中，时见匕首的闪光，使同类者知道也还有谁还在袭击古老坚固的堡垒，较之看见浩大而灰色的军容，或者反可以会心一笑。在现在，我倒只希望这类的小刊物增加，只要所向的目标小异大同，将来就自然而然地成了联合战线，效力或者也不见得小。但目下倘有我所未知的新的作家起来，那当然又作别论。

通俗的小日报，自然也紧要的；但此事看去似易，做起来却很难。我们只要将《第一小报》与《群强报》之类一比，即知道实与民意相去太远，要收获失败无疑。民众要看皇帝何在，太妃安否，而《第一小报》却向他们去讲"常识"，岂非悖谬。教书一久，即与一般社会睽离，无论怎样热心，做起事来总要失败。假如一定要做，就得存学者的良心，有市侩的手段，但这类人才，怕教员中间是未必会有的。我想，现在没奈何，也只好从知识阶级——其实中国并没有俄国之所谓知识阶级，此事说起来话太长，姑且从众这样说——一面先行设法，民众俟将来再谈。而且他们也不是区区文字所能改革的，历史通知过我们，清兵入关，禁缠足，要垂辫，前一事只用文告，到现在还是放不掉，后一事用了别的法，到现在还在拖下来。

单为在校的青年计，可看的书报实在太缺乏了，我觉得至少还该有一种通俗的科学杂志，要浅显而且有趣的。可惜中国现在的科学家不大做文章，有做的，也过于高深，于是就很枯燥。现在要 Brehm① 讲动物的生活，Fabre 讲昆虫的故事似的有趣，

① Brehm：译作勃莱姆(1829—1884)，德国动物学家。

并且插许多图画的;但这非有一个大书店担任即不能印。至于作文者,我以为只要科学家肯放低手眼,再看看文艺书,就够了。

前三四年有一派思潮,毁了事情颇不少。学者多劝人踱进研究室,文人说最好是搬入艺术之宫,直到现在都还不大出来,不知道他们在那里面情形怎样。这虽然是自己愿意,但一大半也因新思想而仍中了"老法子"的计。我新近才看出这圈套,就是从"青年必读书"事件以来,很收些赞同和嘲骂的信,凡赞同者,都很坦白,并无什么恭维。如果开首称我为什么"学者""文学家"的,则下面一定是谩骂。我才明白这等称号,乃是他们所公设的巧计,是精神的枷锁,故意将你定为"与众不同",又借此来束缚你的言动,使你于他们的老生活上失去危险性的。不料有许多人,却自囚在什么室什么宫里,岂不可惜。只要掷去了这种尊号,摇身一变,化为泼皮,相骂相打(舆论是以为学者只应该拱手讲讲义的),则世风就会日上,而月刊也办成了。

先生的信上说:惰性表现的形式不一,而最普通的,第一就是听天任命,第二就是中庸。我以为这两种态度的根底,怕不可仅以惰性了之,其实乃是卑怯。遇见强者,不敢反抗,便以"中庸"这些话来粉饰,聊以自慰。所以中国人倘有权力,看见别人奈何他不得,或者有"多数"做他护符的时候,多是凶残横恣,宛然一个暴君,做事并不中庸;待到满口"中庸"时,乃是势力已失,早非"中庸"不可的时候了。一到全败,则又有"命运"来做话柄,纵为奴隶,也处之泰然,但又无往而不合于圣道。这些现象,实在可以使中国人败亡,无论有没有外敌。要救正这些,也只好先行发露各样的劣点,撕下那好看的假面具来。

鲁迅。三月二十九日。

鲁迅先生:

　　你看出什么"踱进研究室",什么"搬入艺术之宫",全是"一种圈套",真是一件重要的发现。我实在告诉你说：我近来看见自命 gentleman 的人就怕极了。看见玄同先生挖苦 gentleman 的话（见《语丝》第二十期），好像大热时候，吃一盘冰激凌，不晓得有多么痛快。总之这些字全是一种圈套，大家总要相戒，不要上他们的当才好。

我好像觉得通俗的科学杂志并不是那样容易的，但是我对于这个问题完全没有想，所以对于它觉暂且无论什么全不能说。

我对于通俗的小日报有许多的话要说，但因为限于篇幅，只好暂且不说。等到下一期，我要做一篇小东西，专论这件事，到那时候，还要请你指教才好。

徐炳昶。三月三十一日。

＊本篇最初分两次发表于一九二五年三月二十日、四月三日北京《猛进》周刊第三、五期。

论辩的魂灵

二十年前到黑市，买得一张符，名叫"鬼画符"。虽然不过一团糟，但贴在壁上看起来，却随时显出各样的文字，是处世的宝训，立身的金箴。今年又到黑市去，又买得一张符，也是"鬼画符"。但贴了起来看，也还是那一张，并不见什么增补和修改。今夜看出来的大题目是"论辩的魂灵"；细注道："祖传老年中年青年'逻辑'扶乩灭洋必胜妙法太上老君急急如律令敕"。今谨摘录数条，以公同好——

"洋奴会说洋话。你主张读洋书，就是洋奴，人格破产了！受人格破产的洋奴崇拜的洋书，其价值从可知矣！但我读洋文是学校的课程，是政府的功令，反对者，即反对政府也。无父无君之无政府党，人人得而诛之。"

"你说中国不好。你是外国人么？为什么不到外国去？可惜外国人看你不起……"

"你说甲生疮。甲是中国人，你就是说中国人生疮了。既然中国人生疮，你是中国人，就是你也生疮了。你既然也生疮，你就和甲一样。而你只说甲生疮，则竟无自知之明，你的话还有什么价值？倘你没有生疮，是说诳也。卖国贼是说诳的，所以你是卖国贼。我骂卖国贼，所以我是爱国者。爱国者的话是最有价值的，所以我的话是不错的，我的话既然不错，你就是卖国贼无疑了！"

"自由结婚未免太过激了。其实，我也并非老顽固，中国提倡女学的还是我第一个。但他们却太趋极端了，太趋极端，即有亡国之祸，所以气得我偏要说'男女授受不亲'。况且，凡事不可过激;过激派①都主张共妻主义的。乙赞成自由结婚,不就是主张共妻主义么?他既然主张共妻主义,就应该先将他的妻拿出来给我们'共'。"

"丙讲革命是为的要图利:不为图利,为什么要讲革命?我亲眼看见他三千七百九十一箱半的现金抬进门。你说不然,反对我么?那么,你就是他的同党。呜呼,党同伐异之风,于今为烈,提倡欧化者不得辞其咎矣!"

"丁牺牲了性命,乃是闹得一塌糊涂,活不下去了的缘故。现在妄称志士,诸君切勿为其所愚。况且,中国不是更坏了么?"

"戊能算什么英雄呢?听说,一声爆竹,他也会吃惊。还怕爆竹,能听枪炮声么?怕听枪炮声,打起仗来不要逃跑么?打起仗来就逃跑的反称英雄,所以中国糟透了。"

"你自以为是'人',我却以为非也。我是畜类,现在我就叫你爹爹。你既然是畜类的爹爹,当然也就是畜类了。"

"勿用惊叹符号,这是足以亡国的。但我所用的几个在例外。"

中庸太太提起笔来,取精神文明精髓,作明哲保身大吉大利格言二句云:

> 中学为体西学用,
> 不薄今人爱古人。

*本篇最初发表于一九二五年三月九日北京《语丝》周刊第十七期。

---

① 过激派:日本资产阶级对布尔什维克的译称。

战士和苍蝇

Schopenhauer 说过这样的话：要估定人的伟大，则精神上的大和体格上的大，那法则完全相反。后者距离愈远即愈小，前者却见得愈大。

正因为近则愈小，而且愈看见缺点和创伤，所以他就和我们一样，不是神道，不是妖怪，不是异兽。他仍然是人，不过如此。但也唯其如此，所以他是伟大的人。

战士战死了的时候，苍蝇们所首先发现的是他的缺点和伤痕，嘬着，营营地叫着，以为得意，以为比死了的战士更英雄。但是战士已经战死了，不再来挥去他们。于是乎苍蝇们即更其营营地叫，自以为倒是不朽的声音，因为它们的完全，远在战士之上。

的确的，谁也没有发见过苍蝇们的缺点和创伤。

然而，有缺点的战士终究是战士，完美的苍蝇也终究不过是苍蝇。

去罢，苍蝇们！虽然生着翅子，还能营营，总不会超过战士的。你们这些虫豸们！

三月二十一日。

＊本篇最初发表于一九二五年三月二十四日北京《京报》附刊《民众文艺周刊》第十四号。

夏 三 虫

夏天近了，将有三虫：蚤、蚊、蝇。

假如有谁提出一个问题，问我三者之中，最爱什么，而且非爱一个不可，又不准像"青年必读书"那样的交白卷的。我便只得回答道：跳蚤。

跳蚤的来吮血，虽然可恶，而一声不响的就是一口，何等直截爽快。蚊子便不然了，一针叮进皮肤，自然还可以算得有点彻底的，但当未叮之前，要哼哼地发一篇大议论，却使人觉得讨厌。如果所哼的是在说明人血应该给它充饥的理由，那可更其讨厌了，幸而我不懂。

野雀野鹿，一落在人手中，总时时刻刻想要逃走。其实，在山林间，上有鹰鹯〔zhān，鹞类猛禽，亦称"晨风"〕，下有虎狼，何尝比在人手里安全。为什么当初不逃到人类中来，现在却要逃到鹰鹯虎狼间去？或者，鹰鹯虎狼之于它们，正如跳蚤之于我们罢。肚子饿了，抓着就是一口，决不谈道理，弄玄虚。被吃者也无须在被吃之前，先承认自己之理应被吃，心悦诚服，誓死不二。人类，可是也颇擅长于哼哼的了，害中取小，它们的避之唯恐不速，正是绝顶聪明。

苍蝇嗡嗡地闹了大半天，停下来也不过舐一点油汗，倘有伤痕或疮疖，自然更占一些便宜；无论怎么好的、美的、干净的东西，又总喜欢一律拉上一点蝇矢。但因为只舐一点油汗，只添一点腌臜，在麻木的人们还没有切肤之痛，所以也就将它放过了。中国人还不很知道它能够传播病菌，捕蝇运动大概不见得兴盛。它们的运命是长久的；还要更繁殖。

但它在好的、美的、干净的东西上拉了蝇矢之后，似乎还不至于欣欣然反过来嘲笑这东西的不洁:总要算还有一点道德的。

古今君子,每以禽兽斥人,殊不知便是昆虫,值得师法的地方也多着哪。

四月四日。

＊本篇最初发表于一九二五年四月七日《京报》附刊《民众文艺周刊》第十六号。

忽 然 想 到 (五至六)

五

我生得太早一点,连康有为们"公车上书"的时候,已经颇有些年纪了。政变之后,有族中的所谓长辈也者教诲我,说:康有为是想篡位,所以他的名字叫有为;有者,"富有天下",为者,"贵为天子"也。非图谋不轨而何?我想:诚然。可恶得很!

长辈的训诲于我是这样的有力,所以我也很遵从读书人家的家教。屏息低头,毫不敢轻举妄动。两眼下视黄泉,看天就是傲慢,满脸装出死相,说笑就是放肆。我自然以为极应该的,但有时心里也发生一点反抗。心的反抗,那时还不算什么犯罪,似乎诛心之律,倒不及现在之严。

但这心的反抗,也还是大人们引坏的,因为他们自己就常常随便大说大笑,而单是禁止孩子。黔首①们看见秦始皇那么阔气,捣乱的项羽道:"彼可取而代也!"没出息的刘邦却说:"大丈夫不当如是耶?"我是没出息的一流,因为羡慕他们的随意说笑,就很希望赶忙变成大人——虽然此外也还有别种的原因。

大丈夫不当如是耶,在我,无非只想不再装死而已,欲望也并不甚奢。

现在,可喜我已经大了,这大概是谁也不能否认的罢,无论用了怎样古怪的"逻辑"。

————————

① 黔首:秦代对民众的称呼。

我于是就抛了死相，放心说笑起来，而不意立刻又碰了正经人的钉子：说是使他们"失望"了。我自然是知道的，先前是老人们的世界，现在是少年们的世界了；但竟不料治世的人们虽异，而其禁止说笑也则同。那么，我的死相也还得装下去，装下去，"死而后已"，岂不痛哉！

我于是又恨我生得太迟一点。何不早二十年，赶上那大人还准说笑的时候？真是"我生不辰"，正当可诅咒的时候，活在可诅咒的地方了。

约翰弥耳①说：专制使人们变成冷嘲。我们却天下太平，连冷嘲也没有。我想：暴君的专制使人们变成冷嘲，愚民的专制使人们变成死相。大家渐渐死下去，而自己反以为卫道有效，这才渐近于正经的活人。

世上如果还有真要活下去的人们，就先该敢说，敢笑，敢哭，敢怒，敢骂，敢打，在这可诅咒的地方击退了可诅咒的时代！

四月十四日。

六

外国的考古学者②们联翩而至了。

久矣夫，中国的学者们也早已口口声声地叫着"保古！保古！保古！……"

但是不能革新的人种，也不能保古的。

所以，外国的考古学者们便联翩而至了。

长城久成废物，弱水也似乎不过是理想上的东西。老大的国民尽钻在僵硬的传统里，不肯变革，衰朽到毫无精力了，还要

---

① 约翰弥耳：今译约翰·穆勒（1806—1873），英国哲学家、经济学家。
② 指英国人斯坦因、法国人伯希等外国考古学家盗运中国文物之事。

自相残杀。于是外面的生力军很容易地进来了，真是"匪今斯今，振古如兹"①。至于他们的历史，那自然都没我们的那么古。

可是我们的古也就难保，因为土地先已危险而不安全。土地给了别人，则"国宝"虽多，我觉得实在也无处陈列。

但保古家还在痛骂革新，力保旧物地干：用玻璃板印些宋版书，每部定价几十几百元；"涅槃！涅槃！涅槃！"佛自汉时已入中国，其古色古香为何如哉！买集些旧书和金石，是劬古爱国之士，略作考证，赶印目录，就升为学者或高人。而外国人所得的古董，却每从高人的高尚的袖底里共清风一同流出。即不然，归安陆氏的皕宋②，潍县陈氏的十钟③，其子孙尚能世守否？

现在，外国的考古学者们便联翩而至了。

他们活有余力，则以考古，但考古尚可，帮同保古就更可怕了。有些外人，很希望中国永是一个大古董以供他们的赏鉴，这虽然可恶，却还不奇，因为他们究竟是外人。而中国竟也有自己还不够，并且要率领了少年，赤子，共成一个大古董以供他们的赏鉴者，则真不知是生着怎样的心肝。

中国废止读经了，教会学校不是还请腐儒做先生，教学生读"四书"么？民国废去跪拜了，犹太学校不是偏请遗老做先生，要学生磕头拜寿么？外国人办给中国人看的报纸，不是最反对五四以来的小改革么？而外国总主笔治下的中国小主笔，则倒是崇拜道学，保存国粹的！

但是，无论如何，不革新，是生存也为难的，而况保古。现状就是铁证，比保古家的万言书有力得多。

---

① "匪今斯今，振古如兹"：出自《诗经·周颂·载芟》。意思是，不但今天，自古以来便是如此。

② 归安陆氏的皕宋：指清末藏书家陆心源的藏书楼"皕宋楼"。陆为浙江归安（今吴兴）人，所以称"归安陆氏"。陆死后，其藏书大部分被其子卖给了日本人。

③ 潍县陈氏的十钟：清代文物收藏家陈介祺书斋为"十钟山房"。陈是山东潍县人，故称"潍县陈氏"。陈死后，他所藏的古乐钟十口被后代卖给了日本人。

我们目下的当务之急，是：一要生存，二要温饱，三要发展。苟有阻碍这前途者，无论是古是今，是人是鬼，是《三坟》《五典》，百宋千元①，天球河图②，金人玉佛，祖传丸散，秘制膏丹，全都踏倒他。

保古家大概总读过古书，"林回弃千金之璧，负赤子而趋"③，该不能说是禽兽行为罢。那么，弃赤子而抱千金之璧的是什么？

四月十八日。

＊本篇最初分两次发表于一九二五年四月十八日、二十二日《京报副刊》。

---

① 百宋千元：泛指中国古代图书典籍。

② 天球河图：天球，相传为古雍州（今陕西、甘肃一带）所产的一种美玉。河图，相传为伏羲时龙马从黄河中负出的图。二者均为传说中的祥瑞之物。

③ "林回弃千金之璧，负赤子而趋"：典出《庄子·山木》，有一个叫林回的人，在逃之时丢弃全部家产，只背着孩子逃了出去。比喻危难关头能分得清轻重缓急。

杂　感

人们有泪，比动物进化，但即此有泪，也就是不进化，正如已经只有盲肠，比鸟类进化，而究竟还有盲肠，终不能很算进化一样。凡这些，不但是无用的赘物，还要使其人达到无谓的灭亡。

现今的人们还以眼泪赠答，并且以这为最上的赠品，因为他此外一无所有。无泪的人则以血赠答，但又个个拒绝别人的血。

人大抵不愿意爱人下泪。但临死之际，可能也不愿意爱人为你下泪么？无泪的人无论何时，都不愿意爱人下泪，并且连血也不要：他拒绝一切为他的哭泣和灭亡。

人被杀于万众聚观之中，比被杀在"人不知鬼不觉"的地方快活，因为他可以妄想，博得观众中的或人的眼泪。但是，无泪的人无论被杀在什么所在，于他并无不同。

杀了无泪的人，一定连血也不见。爱人不觉他被杀之惨，仇人也终于得不到杀他之乐：这是他的报恩和复仇。

死于敌手的锋刃，不足悲苦；死于不知何来的暗器，却是悲苦。但最悲苦的是死于慈母或爱人误进的毒药，战友乱发的流弹，病菌的并无恶意的侵入，不是我自己制定的死刑。

仰慕往古的，回往古去罢！想出世的，快出世罢！想上天的，快上天罢！灵魂要离开肉体的，赶快离开罢！现在的地上，应该是执着现在，执着地上的人们居住的。

但厌恶现世的人们还住着。这都是现世的仇仇，他们一日存在，现世即一日不能得救。

先前,也曾有些愿意活在现世而不得的人们,沉默过了,呻吟过了,叹息过了,哭泣过了,哀求过了,但仍然愿意活在现世而不得,因为他们忘却了愤怒。

勇者愤怒,抽刃向更强者;怯者愤怒,却抽刃向更弱者。不可救药的民族中,一定有许多英雄,专向孩子们瞪眼。这些屠头们!

孩子们在瞪眼中长大了,又向别的孩子们瞪眼,并且想:他们一生都过在愤怒中。因为愤怒只是如此,所以他们要愤怒一生——而且还要愤怒二世、三世、四世、以至末世。

无论爱什么——饭、异性、国、民族、人类等等——只有纠缠如毒蛇,执着如怨鬼,二六时中①,没有已时者有望。但太觉疲劳时,也无妨休息一会罢;但休息之后,就再来一回罢,而且两回,三回……血书、章程、请愿、讲学、哭、电报、开会、挽联、演说、神经衰弱,则一切无用。

血书所能挣来的是什么? 不过就是你的一张血书,况且并不好看。至于神经衰弱,其实倒是自己生了病,你不要再当作宝贝了,我的可敬爱而讨厌的朋友呀!

我们听到呻吟、叹息、哭泣、哀求,无须吃惊。见了酷烈的沉默,就应该留心了;见有什么像毒蛇似的在尸林中蜿蜒,怨鬼似的在黑暗中奔驰,就更应该留心了:这在预告"真的愤怒"将要到来。那时候,仰慕往古的就要回往古去了,想出世的要出世去了,想上天的要上天了,灵魂要离开肉体的就要离开了!……

五月五日。

* 本篇最初发表于一九二五年五月八日北京《莽原》周刊第三期。

----

① 二六时中:十二个时辰,整日整夜的意思。

北京通信

蕴儒、培良①两兄：

昨天收到两份《豫报》，使我非常快活，尤其是见了那《副刊》。因为它那蓬勃的朝气，实在是在我先前的预想以上。你想：从有着很古的历史的中州，传来了青年的声音，仿佛在预告这古国将要复活，这是一件如何可喜的事呢？

倘使我有这力量，我自然极愿意有所贡献于河南的青年。但不幸我竟力不从心，因为我自己也正站在歧路上——或者，说得较有希望些：站在十字路口。站在歧路上是几乎难于举足，站在十字路口，是可走的道路很多。我自己，是什么也不怕的，生命是我自己的东西，所以我不妨大步走去，向着我自以为可以走去的路；即使前面是深渊、荆棘、峡谷、火坑，都由我自己负责。然而向青年说话可就难了，如果盲人瞎马，引入危途，我就该得谋杀许多人命的罪孽。

所以，我终于还不想劝青年一同走我所走的路；我们的年龄、境遇，都不相同，思想的归宿大概总不能一致的罢。但倘若一定要问我青年应当向怎样的目标，那么，我只可以说出我为别人设计的话，就是：一要生存，二要温饱，三要发展。有敢来阻碍这三事者，无论是谁，我们都反抗他，扑灭他！

可是还得附加几句话以免误解，就是：我之所谓生存，并不是苟活；所谓温饱，并不是奢侈；所谓发展，也不是放纵。

---

① 蕴儒、姓吕，名琦，河南人，作者在北京世界语专门学校任教时的学生。培良：即向培良（1905—1959），湖南黔阳人，狂飙社主要成员。

中国古来，一向是最注重于生存的，什么"知命者不立于岩墙之下"①咧，什么"千金之子坐不垂堂"咧，什么"身体发肤受之父母不敢毁伤"咧，竟有父母愿意儿子吸鸦片的，一吸，他就不至于到外面去，有倾家荡产之虞了。可是这一流人家，家业也决不能长保，因为这是苟活。苟活就是活不下去的初步，所以到后来，他就活不下去了。意图生存，而太卑怯，结果就得死亡。以中国古训中教人苟活的格言如此之多，而中国人偏多死亡，外族偏多侵入，结果适得其反，可见我们蔑弃古训，是刻不容缓的了。这实在是无可奈何，因为我们要生活，而且不是苟活的缘故。

　　中国人虽然想了各种苟活的理想乡，可惜终于没有实现。但我却替他们发现了，你们大概知道的罢，就是北京的第一监狱。这监狱在宣武门外的空地里，不怕邻家的火灾；每日两餐，不虑冻馁；起居有定，不会伤生；构造坚固，不会倒塌；禁卒管着，不会再犯罪；强盗是决不会来抢的。住在里面，何等安全，真真是"千金之子坐不垂堂"了。但缺少的就有一件事：自由。

　　古训所教的就是这样的生活法，教人不要动。不动，失错当然就较少了，但不活的岩石泥沙，失错不是更少么？我以为人类为向上，即发展起见，应该活动，活动而有若干失错，也不要紧。唯独半死半生的苟活，是全盘失错的。因为他挂了生活的招牌，其实却引人到死路上去！

　　我想，我们总得将青年从牢狱里引出来，路上的危险，当然是有的，但这是求生的偶然的危险，无从逃避。想逃避，就须度那古人所希求的第一监狱式生活了，可是真在第一监狱里的犯人，都想早些释放，虽然外面并不比狱里安全。

　　北京暖和起来了；我的院子里种了几株丁香，活了；还有两

---

① "知命者不立于岩墙之下"：意思是有钱的人不坐在屋檐下（以免被坠瓦击中）。

株榆叶梅,至今还未发芽,不知道它是否活着。

昨天闹了一个小乱子①,许多学生被打伤了;听说还有死的,我不知道确否。其实,只要听他们开会,结果不过是开会而已,因为加了强力的迫压,遂闹出开会以上的事来。俄国的革命,不就是从这样的路径出发的么?

夜深了,就此搁笔,后来再谈罢。

鲁迅。五月八日夜。

* 本篇最初发表于一九二五年五月十四日开封《豫报副刊》。

① 一个小乱子:指北京学生纪念国耻的集会遭压迫一事。

导　师

近来很通行说青年；开口青年，闭口也是青年。但青年又何能一概而论？有醒着的，有睡着的，有昏着的，有躺着的，有玩着的，此外还多。但是，自然也有要前进的。

要前进的青年们大抵想寻求一个导师。然而我敢说：他们将永远寻不到。寻不到倒是运气；自知的谢不敏，自许的果真识路么？凡自以为识路者，总过了"而立"之年，灰色可掬了，老态可掬了，圆稳而已，自己却误以为识路。假如真识路，自己就早进向他的目标，何至于还在做导师。说佛法的和尚，卖仙药的道士，将来都与白骨是"一丘之貉"，人们现在却向他听生西的大法，求上升的真传，岂不可笑！

但是我并非敢将这些人一切抹杀；和他们随便谈谈，是可以的。说话的也不过能说话，弄笔的也不过能弄笔；别人如果希望他打拳，则是自己错。他如果能打拳，早已打拳了，但那时，别人大概又要希望他翻筋斗。

有些青年似乎也觉悟了，我记得《京报副刊》征求青年必读书时，曾有一位发过牢骚，终于说：只有自己可靠！我现在还想斗胆转一句，虽然有些煞风景，就是：自己也未必可靠的。

我们都不大有记性。这也无怪，人生苦痛的事太多了，尤其是在中国。记性好的，大概都被厚重的苦痛压死了；只有记性坏的，适者生存，还能欣然活着。但我们究竟还有一点记忆，回想起来，怎样的"今是昨非"呵，怎样的"口是心非"呵，怎样的"今日之我与昨日之我战"呵。我们还没有正在饿得要死时于无人处见别人的饭，正在穷得要死时于无人处见别人的钱，正在性欲旺盛遇见异性,而且很美的。我想,大话不宜讲得太早,否则,倘有记性,将来想到时会脸红。

或者还是知道自己之不甚可靠者,倒较为可靠罢。

青年又何须寻那挂着金字招牌的导师呢? 不如寻朋友,联合起来,同向着似乎可以生存的方向走。你们所多的是生力,遇见深林,可以辟成平地的,遇见旷野,可以栽种树木的,遇见沙漠,可以开掘井泉的。问什么荆棘塞途的老路,寻什么乌烟瘴气的鸟导师!

五月十一日

＊本篇最初发表于一九二五年五月十五日《莽原》周刊第四期。

忽 然 想 到(七至九)

七

　　大约是送报人忙不过来了，昨天不见报，今天才给补到，但是奇怪，正张上已经剪去了两小块；幸而副刊是完全的。那上面有一篇武者君的《温良》，又使我记起往事，我记得确曾用了这样一个糖衣的毒刺赠送过我的同学们。现在武者君也在大道上发现了两样东西了：凶兽和羊。但我以为这不过发现了一部分，因为大道上的东西还没有这样简单，还得附加一句，是：凶兽样的羊，羊样的凶兽。

　　他们是羊，同时也是凶兽；但遇见比他更凶的凶兽时便现羊样，遇见比他更弱的羊时便现凶兽样，因此，武者君误认为两样东西了。

　　我还记得第一次五四以后，军警们很客气地只用枪托，乱打那手无寸铁的教员和学生，威武到很像一队铁骑在苗田上驰骋；学生们则惊叫奔避，正如遇见虎狼的羊群。但是，当学生们成了大群，袭击他们的敌人时，不是遇见孩子也要推他摔几个筋斗么？在学校里，不是还唾骂敌人的儿子，使他非逃回家去不可么？这和古代暴君的灭族的意见，有什么区分！

　　我还记得中国的女人是怎样被压制，有时简直牛羊而不如。现在托了洋鬼子学说的福，似乎有些解放了。但她一得到可以逞威的地位如校长之类,不就雇用了"掠袖擦掌"的打手似的男人,来威吓毫无武力的同性的学生们么?不是利用了外面正有别的学潮的时候,和一些狐群狗党趁势来开除她私意所不喜的学生们?① 而几个在"男尊女卑"的社会生长的男人们,此时却在异性的饭碗化身的面前摇尾,简直牛羊而不如。羊,诚然是弱的,但还不至于如此,我敢给我所敬爱的羊们保证!

但是,在黄金世界还未到来之前,人们恐怕总不免同时含有这两种性质,只看发现时候的情形怎样,就显出勇敢和卑怯的大区别来。可惜中国人不但对于羊显凶兽相,而且对于凶兽则显羊相,所以即使显着凶兽相,也还是卑怯的国民。这样下去,一定要完结的。

我想,要中国得救,也不必添什么东西进去,只要青年们将这两种性质的古传用法,反过来一用就够了:对手如凶兽时就如凶兽,对手如羊时就如羊!

那么,无论什么魔鬼,就都只能回到他自己的地狱里去。

五月十日。

八

五月十二日《京报》的"显微镜"②下有这样的一条——

"某学究见某报上载教育总长'章士钉'五七呈文③,愀

---

① 指女师大风潮。
② "显微镜":当时《京报》的一个栏目,刊登的都是短小轻松的文字。
③ 五七呈文:指章士钊为此事给段祺瑞的呈文。

然曰：‘名字怪僻如此，非圣人之徒也，岂能为吾侪卫古文之道者乎！’”

因此想起中国有几个字，不但在白话文中，就是在文言文中也几乎不用。其一是这误印为“钉”的“钊”字，还有一个是“淦〔gàn，姓〕”字，大概只在人名里还有留遗。我手头没有《说文解字》，钊字的解释完全不记得了，淦则仿佛是船底漏水的意思。我们现在要叙述船漏水，无论用怎样古奥的文章，大概总不至于说“淦矣”了罢，所以除了印张国淦、孙嘉淦或新淦县的新闻之外，这一粒铅字简直是废物。

至于“钊”则化而为“钉”还不过一个小笑话；听说竟有人因此受害。曹锟做总统的时代（那时这样写法就要犯罪），要办李大钊先生，国务会议席上一个阁员说：“只要看他的名字，就知道不是一个安分的人。什么名字不好取，他偏要叫李大剑？”于是乎办定了，因为这位“大剑”先生已经用名字自己证实，是“大刀王五”①一流人。

我在 N 的学堂②做学生的时候，也曾经因这“钊”字碰过几个小钉子，但自然因为我自己不“安分”。一个新的职员到校了，势派非常之大，学者似的，很傲然。可惜他不幸遇见了一个同学叫“沈钊”的，就倒了霉，因为他叫他“沈钧”，以表白自己的不识字。于是我们一见面就讥笑他，就叫他为“沈钧”，并且由讥笑而至于相骂。两天之内，我和十多个同学就迭连记了两小过两大过，再记一小过，就要开除了。但开除在我们那个学校里并不算什么大事件，大堂上还有军令，可以将学生杀头的。做那里的校长这才威风呢——但那时的名目却叫作“总办”的，资格

---

① “大刀王五”：王子斌，清末的著名镖客。
② N 的学堂：N 指南京。

又须是候补道。

假使那时也像现在似的专用高压手段,我们大概是早经"正法",我也不会还有什么"忽然想到"的了。我不知怎的近来很有"怀古"的倾向,例如这回因为一个字,就会露出遗老似的"缅怀古昔"的口吻来。

五月十三日。

九

记得有人说过,回忆多的人们是没出息的了,因为他眷念从前,难望再有勇猛的进取;但也有说回忆是最为可喜的。前一说忘却了谁的话,后一说大概是 A. France① 罢——都由他。可是他们的话也都有些道理,整理起来,研究起来,一定可以消费许多功夫;但这都听凭学者们去干去,我不想来加入这一类高尚事业了,怕的是毫无结果之前,已经"寿终正寝"。(是否真是寿终,真在正寝,自然是没有把握的,但此刻不妨写得好看一点。)我能谢绝研究文艺的酒筵,能远避开除学生的饭局,然而阎罗大王的请帖,大概是终于没法"谨谢"的,无论你怎样摆架子。好,现在是并非眷念过去,而是遥想将来了,可是一样地没出息。管他娘的,写下去——

不动笔是为要保持自己的身份,我近来才知道;可是动笔的九成九是为自己来辩护,则早就知道的了,至少,我自己就这样。所以,现在要写出来的,也不过是为自己的一封信——

---

① A. France:法朗士(1844—1924),法国作家。

FD 君：

记得一年或两年之前，蒙你赐书，指摘我在《阿 Q 正传》中写捉拿一个无聊的阿 Q 而用机关枪，是太远于事理。我当时没有答复你，一则你信上不写住址，二则阿 Q 已经捉过，我不能再邀你去看热闹，共同证实了。

但我前几天看报章，便又记起了你。报上有一则新闻，大意是学生要到执政府去请愿，而执政府已于事前得知，东门上添了军队，西门上还摆起两架机关枪，学生不得入，终于无结果而散云。你如果还在北京，何妨远远地——愈远愈好——去望一望呢，倘使真有两架，那么，我就"振振有词"了。

夫学生的游行和请愿，由来久矣。他们都是"郁郁乎文哉"，不但绝无炸弹和手枪，并且连九节钢鞭、三尖两刃刀也没有，更何况丈八蛇矛和青龙偃月刀乎？至多，"怀中一纸书"而已，所以向来就没有闹过乱子的历史。现在可是已经架起机关枪来了，而且有两架！

但阿 Q 的事件却大得多了，他确曾上城偷过东西，未庄也确已出了抢案。那时又还是民国元年，那些官吏，办事自然比现在更离奇。先生！你想：这是十三年前的事呵。那时的事，我以为即使在《阿 Q 正传》中再给添上一混成旅①和八尊过山炮，也不至于"言过其实"的罢。

请先生不要用普通的眼光看中国。我的一个朋友从印度回来，说，那地方真古怪，每当自己走过恒河边，就觉得还要防被捉去杀掉而祭天。我在中国也时时起这一类的恐惧。普通认为 romantic 的，在中国是平常事；机关枪不装在土谷祠外，还装到

---

①　混成旅：旧时军队中的一种编制，由步兵、骑兵、炮兵、工兵等兵种混合编成的独立旅。

哪里去呢?

　　　　　　　　　　一九二五年五月十四日,鲁迅上。

　　*本篇最初分三次发表于一九二五年五月十二日、十八日、十九日
《京报副刊》。

"碰壁"之后

我平日常常对我的年轻的同学们说:古人所谓"穷愁著书"的话,是不大可靠的。穷到透顶,愁得要死的人,哪里还有这许多闲情逸致来著书?我们从来没有见过候补的饿殍在沟壑边吟哦;鞭扑底下的囚徒所发出来的不过是直声的叫喊,决不会用一篇妃红俪白的骈体文来诉痛苦的。所以待到磨墨呁笔,说什么"履穿踵决"①时,脚上也许早经是丝袜;高吟"饥来驱我去……"的陶征士,其时或者偏已很有些酒意了。正当苦痛,即说不出苦痛来,佛说极苦地狱中的鬼魂,也反而并无叫唤!

华夏大概并非地狱,然而"境由心造",我眼前总充塞着重叠的黑云,其中有故鬼,新鬼,游魂,牛首阿旁,畜生,化生,大叫唤,无叫唤②,使我不堪闻见。我装作无所闻见模样,以图欺骗自己,总算已从地狱中出离。

打门声一响,我又回到现实世界了。又是学校的事。我为什么要做教员?想着走着,出去开门,果然,信封上首先就看见通红的一行字:"国立北京女子师范大学。"

我本就怕这学校,因为一进门就觉得阴惨惨,不知其所以然,但也常常疑心是自己的错觉。后来看到杨荫榆校长《致全体学生公启》里的"须知学校犹家庭,为尊长者断无不爱家属之

---

① "履穿踵决":鞋子破旧、脚跟露出的意思。
② 牛首阿旁:地狱中牛头人身的鬼卒;畜生,化生:轮回中的变化;大叫唤,无叫唤:地狱中的鬼魂。

理,为幼稚者亦当体贴尊长之心"的话,就恍然了,原来我虽然在学校教书,也等于在杨家坐馆①,而这阴惨惨的气味,便是从"冷板凳"里出来的。可是我有一种毛病,自己也疑心是自讨苦吃的根苗,就是偶尔要想想。所以恍然之后,即又有疑问发生:这家族人员——校长和学生——的关系是怎样的,母女,还是婆媳呢?

想而又想,结果毫无。幸而这位校长宣言多,竟在她《对于暴烈学生之感言》里获得正确的解答了。曰,"与此曹子勃谿相向",则其为婆婆无疑也。

现在我可以大胆地用"妇姑勃谿"这句古典了。但婆媳吵架,与西宾②又何干呢?因为究竟是学校,所以总还是时常有信来,或是婆婆的,或是媳妇的。我的神经又不强,一闻打门而悔做教员者以此,而且也确有可悔的理由。

这一年她们的家务简直没有完,媳妇儿们不佩服婆婆做校长了,婆婆可是不歇手。这是她的家庭,怎么肯放手呢?无足怪的。而且不但不放,还趁"五七"之际,在什么饭店请人吃饭之后,开除了六个学生自治会的职员③,并且发表了那"须知学校犹家庭"的名论。

这回抽出信纸来一看,是媳妇儿们的自治会所发的,略谓:

"旬余以来,校务停顿,百费待兴,若长此迁延,不特虚掷数百青年光阴,校务前途,亦岌岌不可终日。……"

底下是请教员开一个会,出来维持的意思的话,订定的时间是当日下午四点钟。

———————————————

① 坐馆:旧时对家庭教师的称谓。
② 西宾:同西席。旧时对家塾教师或幕友含有敬意的称谓。
③ 六个学生自治会的职员:蒲振声、张平江、郑德音、刘和珍、许广平、姜伯谛。

"去看一看罢。"我想。

这也是我的一种毛病，自己也疑心是自讨苦吃的根苗；明知道无论什么事，在中国是万不可轻易去"看一看"的，然而终于改不掉，所以谓之"病"。但是，究竟也颇熟于世故了，我想后，又立刻决定，四点太早，到了一定没有人，四点半去罢。

四点半进了阴惨惨的校门，又走进教员休息室。出乎意料之外！除一个打盹似的校役以外，已有两位教员坐着了。一位是见过几面的；一位不认识，似乎说是姓汪，或姓王，我不大听明白——其实也无须。

我也和他们在一处坐下了。

"先生的意思以为这事情怎样呢？"这不识教员在招呼之后，看住了我的眼睛问。

"这可以由各方面说，……你问的是我个人的意见么？我个人的意见，是反对杨先生的办法的。……"

糟了！我的话没有说完，他便将他那灵便小巧的头向旁边一摇，表示不屑听完的态度。但这自然是我的主观；在他，或者也许本有将头摇来摇去的毛病的。

"就是开除学生的惩罚太严了。否则，就很容易解决。……"我还要继续说下去。

"嗡嗡。"他不耐烦似的点头。

我就默然，点起火来吸烟卷。

"最好是给这事情冷一冷。……"不知怎的他又开始发表他的"冷一冷"学说了。

"嗡嗡。瞧着看罢。"这回是我不耐烦似的点头，但终于多说了一句话。

我点头讫，瞥见座前有一张印刷品，一看之后，毛骨便悚然起来。文略谓：

"……第用学生自治会名义,指挥讲师职员,召集校务维持讨论会,……本校素遵部章,无此学制,亦无此办法,根本上不能成立。……而且闹潮以来……不能不筹正当方法,又有其他校务进行,亦待大会议决,兹定于(月之二十一日)下午七时,由校特请全体主任专任教员评议会会员在太平湖饭店开校务紧急会议,解决种种重要问题。务恳大驾光临,无任盼祷!"

署名就是我所视为畏途的"国立北京女子师范大学",但下面还有一个"启"字。我这时才知道我不该来,也无须"莅临"太平湖饭店,因为我不过是一个"兼任教员"。然而校长为什么不制止学生开会,又不预先否认,却要叫我到了学校来看这"启"的呢?我愤然地要质问了,举目四顾,两个教员,一个校役,四面砖墙带着门和窗门,而并没有半个负有答复的责任的生物。"国立北京女子师范学校"虽然能"启",然而是不能答的。只有默默的阴森的四周的墙壁将人包围,现出阴恶的颜色。

我感到苦痛了,但没有悟出它的原因。

可是两个学生来请开会了;婆婆终于没有露面。我们就走进会场去,这时连我已经有五个人;后来陆续又到了七八人。于是乎开会。

"为幼稚者"仿佛不大能够"体贴尊长之心"似的,很诉了许多苦。然而我们有什么权利来干预"家庭"里的事呢?而况太平湖饭店里又要"解决种种重要问题"了!但是我也说明了几句我所以来校的理由,并要求学校当局今天缩头缩脑办法的解答。然而,举目四顾,只有媳妇儿们和西宾,砖墙带着门和窗门,而并没有半个负有答复的责任的生物!

我感到苦痛了,但没有悟出它的原因。

这时我所不识的教员和学生在谈话了;我也不很细听。但在他的话里听到一句"你们做事不要碰壁",在学生的话里听到一句"杨先生就是壁",于我就仿佛见了一道光,立刻知道我的痛苦的原因了。

碰壁,碰壁! 我碰了杨家的壁了!

其时看看学生们,就像一群童养媳。……

这一种会议是照例没有结果的,几个自以为大胆的人物对于婆婆稍加微词之后,即大家走散。我回家坐在自己的窗下的时候,天色已近黄昏,而阴惨惨的颜色却渐渐地退去,回忆到碰壁的学说,居然微笑起来了。

中国各处是壁,然而无形,像"鬼打墙"一般,使你随时能"碰"。能打这墙的,能碰而不感到痛苦的,是胜利者。——但是,此刻太平湖饭店之宴已近阑珊,大家都已经吃到冰淇淋,在那里"冷一冷"了罢……

我于是仿佛看见雪白的桌布已经粘了许多酱油渍,男男女女围着桌子都吃冰淇淋,而许多媳妇儿,就如中国历来的大多数媳妇儿在苦节的婆婆脚下似的,都决定了暗淡的运命。

我吸了两支烟,眼前也光明起来,幻出饭店里电灯的光彩,看见教育家在杯酒间谋害学生,看见杀人者于微笑后屠戮百姓,看见死尸在粪土中舞蹈,看见污秽撒满了风籁琴,我想取作画图,竟不能画成一线。我为什么要做教员,连自己也侮蔑自己起来。但是织芳①来访我了。

我们闲谈之间,他也忽而发感慨——

"中国什么都黑暗,谁也不行,但没有事的时候是看不出来的。教员咧,学生咧,哄哄哄,哄哄哄,真像一个学校,一有事故,

---

① 织芳:荆有麟,山西猗氏人。他曾在北京世界语专门学校听过作者的课,当时以"文学青年"的面貌在文学、新闻界活动。

教员也不见了,学生也慢慢躲开了;结局只剩下几个傻子给大家做牺牲,算是收束。多少天之后,又是这样的学校,躲开的也出来了,不见的也露脸了,'地球是圆的'咧,'苍蝇是传染病的媒介'咧,又是学生咧,教员咧,哄哄哄……。"

从不像我似的常常"碰壁"的青年学生的眼睛看来,中国也就如此之黑暗么?然而他们仅有微弱的呻吟,然而一呻吟就被杀戮了!

五月二十一日夜。

* 本篇最初发表于一九二五年六月一日《语丝》周刊第二十九期。

十四年的"读经"

自从章士钊主张读经以来,论坛上又很出现了一些论议,如谓经不必尊,读经乃是开倒车之类。我以为这都是多事的,因为民国十四年的"读经",也如民国前四年,四年,或将来的二十四年一样,主张者的意思,大抵并不如反对者所想象的那么一回事。

尊孔、崇儒、专经、复古,由来已经很久了。皇帝和大臣们,向来总要取其一端,或者"以孝治天下",或者"以忠诏天下",而且又"以贞节励天下"。但是,二十四史不现在么?其中有多少孝子、忠臣、节妇和烈女?自然,或者是多到历史上装不下去了;那么,去翻专夸本地人物的府县志书去。我可以说,可惜男的孝子和忠臣也不多的,只有节烈的妇女的名册却大抵有一大卷以至几卷。孔子之徒的经,真不知读到哪里去了;倒是不识字的妇女们能实践。还有,欧战时候的参战,我们不是常常自负的么?但可曾用《论语》感化过德国兵,用《易经》咒翻了潜水艇呢?儒者们引为劳绩的,倒是那大抵目不识丁的华工!

所以要中国好,或者倒不如不识字罢,一识字,就有近乎读经的病根了。"瞰亡往拜""出疆载质"的最巧玩意儿,经上都有,我读熟过的。只有几个糊涂透顶的笨牛,真会诚心诚意地来主张读经。而且这样的角色,也不消和他们讨论。他们虽说什么经,什么古,实在不过是空嚷嚷。问他们经可是要读到像颜回、子思、孟轲、朱熹、秦桧(他是状元)、王守仁、徐世昌、曹锟;古可是要复到像清(即所谓"本朝")、元、金、唐、汉、禹、汤、文、武、周公、无怀氏、葛天氏①？他们其实都没有定见。他们也知不清颜回以至曹锟为人怎样，"本朝"以至葛天氏情形如何；不过像苍蝇们失掉了垃圾堆，自不免嗡嗡地叫。况且既然是诚心诚意主张读经的笨牛，则决无钻营，取巧，献媚的手段可知，一定不会阔气；他的主张，自然也决不会发生什么效力的。

至于现在的能以他的主张，引起若干议论的，则大概是阔人。阔人决不是笨牛，否则，他早已伏处牖下，老死田间了。现在岂不是正值"人心不古"的时候么？则其所以得阔之道，居然可知。他们的主张，其实并非那些笨牛一般的真主张，是所谓别有用意；反对者们以为他真相信读经可以救国②，真是"谬以千里"了！

我总相信现在的阔人都是聪明人；反过来说，就是倘使老实，必不能阔是也。至于所挂的招牌是佛学，是孔道，那倒没有什么关系。总而言之，是读经已经读过了，很悟到一点玩意儿，这种玩意儿，是孔二先生的先生老聃的大著作里就有的，此后的书本子里还随时可得。所以他们都比不识字的节妇、烈女、华工聪明；甚而至于比真要读经的笨牛还聪明。何也？曰："学而优则仕"故也。倘若"学"而不"优"，则以笨牛没世，其读经的主张，也不为世间所知。

孔子岂不是"圣之时者也"么，而况"之徒"呢？现在是主张"读经"的时候了。武则天做皇帝，谁敢说"男尊女卑"？多数主义虽然现称过激派，如果在列宁治下，则共产之合于葛天氏，一定可以考据出来的。但幸而现在英国和日本的力量还不弱，所以，主张亲俄者，是被卢布换去了良心。

我看不见读经之徒的良心怎样，但我觉得他们大抵是聪明人，而这聪明，就是从读经和古文得来的。我们这曾经文明过而

---

① 无怀氏、葛天氏：都是传说中我国上古时代的帝王。
② 读经可以救国：章士钊等人的论调。

后来奉迎过蒙古人满洲人大驾了的国度里,古书实在太多,倘不是笨牛,读一点就可以知道,怎样敷衍,偷生,献媚,弄权,自私,然而能够假借大义,窃取美名。再进一步,并可以悟出中国人是健忘的,无论怎样言行不符,名实不符,前后矛盾,撒诳造谣,蝇营狗苟,都不要紧,经过若干时候,自然被忘得干干净净;只要留下一点正道模样的文字,将来仍不失为"正人君子"。况且即使将来没有"正人君子"之称,于目下的实利又何损哉?

这一类的主张读经者,是明知道读经不足以救国的,也不希望人们都读成他自己那样的;但是,耍些把戏,将人们做笨牛看则有之,"读经"不过是这一回耍把戏偶尔用到的工具。抗议的诸公倘若不明乎此,还要正经老实地来评道理,谈利害,那我可不再客气,也要将你们归入诚心诚意主张读经的笨牛类里去了。

以这样文不对题的话来解释"俨乎其然"的主张,我自己也知道有不恭之嫌,然而我又自信我的话,因为我也是从"读经"得来的。我几乎读过十三经。

衰老的国度大概就免不了这类现象。这正如人体一样,年事老了,废料愈积愈多,组织间又沉积下矿质,使组织变硬,易就于灭亡。一面,则原是养卫人体的游走细胞(Wanderzelle)渐次变性,只顾自己,只要组织间有小洞,它便钻,蚕食各组织,使组织耗损,易就于灭亡。俄国有名的医学者梅契尼珂夫(Elias Metschnikov)① 特地给他别立了一个名目:大嚼细胞(Fresserzelle)。据说,必须扑灭了这些,人体才免于老衰;要扑灭这些,则须每日服用一种酸性剂。他自己就实行着。

古国的灭亡,就因为大部分的组织被太多的古习惯教养得硬化了,不再能够转移,来适应新环境。若干分子又被太多的坏经验教养得聪明了,于是变性,知道在硬化的社会里,不妨妄行。

---

① 梅契尼珂夫(И. И. Мечников,1845—1916):俄国生物学家,免疫学创始人之一。

单是妄行的是可与论议的,故意妄行的却无须再与谈理。唯一的疗救,是在另开药方:酸性剂,或者简直是强酸剂。

不提防临末又提到了一个俄国人,怕又有人要疑心我收到卢布了罢。我现在郑重声明:我没有收过一张纸卢布。因为俄国还未赤化之前,他已经死掉了,是生了别的急病,和他那正在实验的药的有效与否这问题无干。

十一月十八日。

＊本篇最初发表于一九二五年十一月二十七日《猛进》周刊第三十九期。

评心雕龙

甲　A－a－a－ch！①

乙　你搬到外国去！并且带了你的家眷！你可是黄帝子孙？中国话里叹声尽多，你为什么要说洋话？鄙人是不怕的，敢说：要你搬到外国去！

丙　他是在骂中国，奚落中国人，替某国间接宣传咱们中国的坏处。他的表兄的侄子的太太就是某国人。

丁　中国话里这样的叹声倒也有的，他不过是自然地喊。但这就证明了他是一个死尸！现在应该用表现法；除了表现地喊，一切声音都不算声音。这"A－a－a"倒也有一点成功了，但那"ch"就没有味。——自然，我的话也许是错的；但至少我今天相信我的话并不错。

戊　那么，就须说"嗟"，用这样"引车卖浆者流"的话，是要使自己的身份成为下等的。况且现在正要读经了……

己　胡说！说"唉"也行。但可恨他竟说过好几回，将"唉"都"垄断"了去，使我们没有来说的余地了。

庚　曰"唉"乎？予蔑闻之。何也？噫嘻吗呢为之障也。

辛　然哉！故予素主张而文言者也。

壬　嗟夫！余曩者之曾为白话，盖痰迷心窍者也，而今悔之矣。

癸　他说"呸"么？这是人格已经破产了！我本就看不起他，正如他的看不起我。现在因为受了庚先生几句抢白，便

---

① A－a－a－ch：Ach，德语感叹词，读如"啊喝"。

“呸”起来;非人格破产是甚么?我并非赞成庚先生,我也批评过他的。可是他不配“呸”庚先生。我就是爱说公道话。

子　但他是说“嗳”。

丑　你是他一党!否则,何以替他来辩?我们是青年,我们就有这个脾气,心爱吹毛求疵。他说“呸”或说“嗳”,我固然没有听到;但即使他说的真是“嗳”,又何损于癸君的批评的价值呢。可是你既然是他的一党,那么,你就也人格破产了!

寅　不要破口就骂。满口谩骂,不成其为批评,Gentleman决不如此。至于说批评全不能骂,那也不然。应该估定他的错处,给以相当的骂,像塾师打学生的手心一样,要公平。骂人,自然也许要得到回报的,可是我们也须有这一点不怕事的胆量:批评本来是“精神的冒险”呀!

卯　这确是一条熹微翠朴的硬汉!王九妈妈的峻嶒小提囊,杜鹃叫道“行不得也哥哥”儿。滃然“哀哈”之蓝缕的蒺藜,劣马样儿。这口风一滑溜,凡有绯刚的评论都要逼得翘辫儿了。

辰　并不是这么一回事。他是窃取着外国人的声音,翻译着。喂!你为什么不去创作?

巳　那么,他就犯了罪了!研究起来,字典上只有“Ach”,没有什么“A－a－a－ch”。我实在料不到他竟这样杜撰。所以我说:你们都得买一本字典,坐在书房里看看,这才免得为这类角色所欺。

午　他不再往下说,他的话流产了。

未　夫今之青年何其多流产也,岂非因为急于出风头之故么?所以我奉劝今之青年,安分守己,切莫动弹,庶几可以免于流产,……

申　夫今之青年何其多误译也,还不是因为不买字典之故么?且夫……

酉　这实在“唉”得不行!中国之所以这样“世风日下”,就是他说了“唉”的缘故。但是诸位在这里,我不妨明说,三十年前,我也曾经"唉"过的,我何尝是木石,我实在是开风气之先。后来我觉得流弊太多了,便绝口不谈此事,并且深恶而痛绝之。并且到了今年,深悟读经之可以救国,并且深信白话文之应该废除。但是我并不说中国应该守旧……

戌　我也并且到了今年,深信读经之可以救国……

亥　并且深信白话文之应当废除。……

十一月十八日。

＊本篇最初发表于一九二五年十一月二十七日《莽原》周刊第三十二期。

这个与那个

一　读经与读史

　　一个阔人①说要读经，嗡地一阵一群狭人也说要读经。岂但"读"而已矣哉，据说还可以"救国"哩。"学而时习之，不亦说乎？"那也许是确凿的罢，然而甲午战败了——为什么独独要说"甲午"呢，是因为其时还在开学校，废读经以前。

　　我以为伏案还未功深的朋友，现在正不必埋头来哼线装书。倘其咿唔日久，对于旧书有些上瘾了，那么，倒不如去读史，尤其是宋朝明朝史，而且尤须是野史；或者看杂说。

　　现在中西的学者们，几乎一听到"钦定四库全书"这名目就魂不附体，膝弯总要软下来似的。其实呢，书的原式是改变了，错字是加添了，甚至于连文章都删改了，最便当的是《琳琅秘室丛书》中的两种《茅亭客话》②，一是宋本，一是四库本，一比较就知道。"官修"而加以"钦定"的正史也一样，不但本纪咧，列传咧，要摆"史架子"；里面也不敢说什么。据说，字里行间是也含着什么褒贬的，但谁有这么多的心眼儿来猜闷葫芦。至今还道"将平生事迹宣付国史馆立传"，还是算了罢。

　　野史和杂说自然也免不了有讹传，挟恩怨，但看往事却可以较分明，因为它究竟不像正史那样的装腔作势。看宋事，《三朝

---

　　①　一个阔人：指章士钊。
　　②　《茅亭客话》：宋代黄休复所撰笔记。

北盟汇编》①已经变成古董，太贵了，新排印的《宋人说部丛书》②却还便宜。明事呢，《野获编》③原也好，但也化为古董了，每部数十元；易于入手的是《明季南北略》④，《明季稗史汇编》⑤，以及新近集印的《痛史》⑥。

史书本来是过去的陈账簿，和急进的猛士不相干。但先前说过，倘若还不能忘情于咿唔，倒也可以翻翻，知道我们现在的情形，和那时的何其神似，而现在的昏妄举动，糊涂思想，那时也早已有过，并且都闹糟了。

试到中央公园去，大概总可以遇见祖母得着她孙女儿在玩的。这位祖母的模样，就预示着那娃儿的将来。所以倘有谁要预知令夫人后日的丰姿，也只要看丈母。不同是当然要有些不同的，但总归相去不远。我们查账的用处就在此。

但我并不说古来如此，现在遂无可为，劝人们对于"过去"生敬畏心，以为它已经铸定了我们的运命。Le Bon 先生说，死人之力比生人大，诚然也有一理的，然而人类究竟进化着。又据章士钊总长说，则美国的什么地方已在禁讲进化论了，这实在是吓死我也，然而禁只管禁，进却总要进的。

总之，读史，就愈可以觉悟中国改革之不可缓了。虽是国民性，要改革也得改革，否则杂史杂说上所写的就是前车。一改革，就无须怕孙女儿总要像点祖母那些事，譬如祖母的脚是三角

---

①　《三朝北盟汇编》：宋代徐梦莘撰。专述宋金交涉史事。

②　《宋人说部丛书》：商务印书馆根据涵芬楼藏本刊行的宋代笔记小说集，共收书二十余种。

③　《野获编》：全称《万历野获编》，明代沈德符撰。记叙明代万历以前的朝廷典章制度和官场逸事等。

④　《明季南北略》：实为两部——《明季南略》和《明季北略》，明清之交计六奇撰。述明代万历至南明永历时期朝野变迁情况。

⑤　《明季稗史汇编》：清代留云居士辑录。汇纂稗史十六种，均记述明末遗事。

⑥　《痛史》：为近人乐天居士所编野史集，收明末清初野史二十余种。

形,步履维艰的,小姑娘的却是天足,能飞跑;丈母老太太出过天花,脸上有些缺点的,令夫人却种的是牛痘,所以细皮白肉:这也就大差其远了。

十二月八日。

二　捧与挖

中国的人们,遇见带有会使自己不安的朕兆的人物,向来就用两样法:将他压下去,或者将他捧起来。

压下去就用旧习惯和旧道德,或者凭官力,所以孤独的精神的战士,虽然为民众战斗,却往往反为这"所为"而灭亡。到这样,他们这才安心了。压不下时,则于是乎捧,以为抬之使高,屐之使足,便可以于己稍稍无害,得以安心。

伶俐的人们,自然也有谋利而捧的,如捧阔老,捧戏子,捧总长之类;但在一般粗人——就是未尝"读经"的,则凡有捧的行为的"动机",大概是不过想免害。即以所奉祀的神道而论,也大抵是凶恶的,火神瘟神不待言,连财神也是蛇呀刺蜎呀似的骇人的畜类;观音菩萨倒还可爱,然而那是从印度输入的,并非我们的"国粹"。要而言之:凡有被捧者,十之九不是好东西。

既然十之九不是好东西,则被捧而后,那结果便自然和捧者的希望适得其反了。不但能使不安,还能使他们很不安,因为人心本来不易屐足。然而人们终于至今没有悟,还以捧为苟安之一道。

记得有一部讲笑话的书,名目忘记了,也许是《笑林广记》①罢,说,当一个知县的寿辰,因为他是子年生,属鼠的,属员们便集资铸了一个金老鼠去做贺礼。知县收受之后,另寻了机会对

---

①　《笑林广记》:中国古代笑话的集大成之作。

大众说道:明年又恰巧是贱内的整寿;她比我小一岁,是属牛的。其实,如果大家先不送金老鼠,他决不敢想金牛。一送开手,可就难于收拾了,无论金牛无力致送,即使送了,怕他的姨太太也会属象。象不在十二生肖之内,似乎不近情理罢,但这是我替他设想的法子罢了,知县当然别有我们所莫测高深的妙法在。

民元革命时候,我在 S 城,来了一个都督。他虽然也出身绿林大学,未尝"读经"(?),但倒是还算顾大局,听舆论的,可是自绅士以至于庶民,又用了祖传的捧法群起而捧之了。这个拜会,那个恭维,今天送衣料,明天送翅席,捧得他连自己也忘其所以,结果是渐渐变成老官僚一样,动手刮地皮。

最奇怪的是北几省的河道,竟捧得河身比屋顶高得多了。当初自然是防其溃决,所以壅上一点土;殊不料愈壅愈高,一旦溃决,那祸害就更大。于是就"抢堤"咧,"护堤"咧,"严防决堤"咧,花色繁多,大家吃苦。如果当初见河水泛滥,不去增堤,却去挖底,我以为决不至于这样。

有贪图金牛者,不但金老鼠,便是死老鼠也不给。那么,此辈也就连生日都未必做了。单是省却拜寿,已经是一件大快事。

中国人的自讨苦吃的根苗在于捧,"自求多福"之道却在于挖。其实,劳力之量是差不多的,但从惰性太多的人们看来,却以为还是捧省力。

十二月十日。

三　最先与最后

《韩非子》说赛马的妙法,在于"不为最先,不耻最后"。这虽是从我们这样外行的人看起来,也觉得很有理。因为假若一开首便拼命奔驰,则马力易竭。但那第一句是只适用于赛马的,不幸中国人却奉为人的处世金针了。

中国人不但"不为戎首"①，"不为祸始"，甚至于"不为福先"。所以凡事都不容易有改革；前驱和闯将，大抵是谁也怕得做。然而人性岂真能如道家所说的那样恬淡；欲得的却多。既然不敢径取，就只好用阴谋和手段。以此，人们也就日见其卑怯了，既是"不为最先"，自然也不敢"不耻最后"，所以虽是一大堆群众，略见危机，便"纷纷作鸟兽散"了。如果偶有几个不肯退转，因而受害的，公论家便异口同声，称之曰傻子。对于"锲而不舍"的人们也一样。

我有时也偶尔去看看学校的运动会。这种竞争，本来不像两敌国的开战，挟有仇隙的，然而也会因了竞争而骂，或者竟打起来。但这些事又作别论。竞走的时候，大抵是最快的三四个人一到决胜点，其余的便松懈了，有几个还至于失了跑完预定的圈数的勇气，中途挤入看客的群集中；或者佯为跌倒，使红十字队用担架将他抬走。假若偶有虽然落后，却尽跑，尽跑的人，大家就嗤笑他。大概是因为他太不聪明，"不耻最后"的缘故罢。

所以中国一向就少有失败的英雄，少有韧性的反抗，少有敢单身鏖战的武人，少有敢抚哭叛徒的吊客；见胜兆则纷纷聚集，见败兆则纷纷逃亡。战具比我们精利的欧美人，战具未必比我们精利的匈奴蒙古满洲人，都如入无人之境。"土崩瓦解"这四个字，真是形容得有自知之明。

多有"不耻最后"的人的民族，无论什么事，怕总不会一下子就"土崩瓦解"的；我每看运动会时，常常这样想：优胜者固然可敬，但那虽然落后而仍非跑至终点不止的竞技者，和见了这样竞技者而肃然不笑的看客，乃正是中国将来的脊梁。

165

---

① "不为戎首"：出自《礼记·檀弓》，原文作"毋为戎首"，戎首，指发动战争的主谋、祸首。

四 流产与断种

近来对于青年的创作,忽然降下一个"流产"的恶谥,哄然应和的就有一大群。我现在相信,发明这话的是没有什么恶意的,不过偶尔说一说;应和的也是情有可原的,因为世事本来大概就这样。

我独不解中国人何以于旧状况那么心平气和,于较新的机运就这么疾首蹙额;于已成之局那么委曲求全,于初兴之事就这么求全责备?

知识高超而眼光远大的先生们开导我们:生下来的倘不是圣贤,豪杰,天才,就不要生;写出来的倘不是不朽之作,就不要写;改革的事倘不是一下子就变成极乐世界,或者,至少能给我(!)有更多的好处,就万万不要动!……

那么,他是保守派么? 据说:并不然的。他正是革命家。唯独他有公平、正当、稳健、圆满、平和、毫无流弊的改革法;现下正在研究室里研究着哩,——只是还没有研究好。

什么时候研究好呢? 答曰:没有准儿。

孩子初学步的第一步,在成人看来,的确是幼稚、危险,不成样子,或者简直是可笑的。但无论怎样的愚妇人,却总以恳切的希望的心,看他跨出这第一步去,决不会因为他的走法幼稚,怕要阻碍阔人的路线而"逼死"他;也决不至于将他禁在床上,使他躺着研究到能够飞跑时再下地。因为她知道:假如这么办,即使长到一百岁也还是不会走路的。

古来就这样,所谓读书人,对于后起者却反而专用彰明较著的或改头换面的禁锢。近来自然客气些,有谁出来,大抵会遇见学士文人们挡驾:且住,请坐。接着是谈道理了:调查、研究、推敲、修养,……结果是老死在原地方。否则,便得到"捣乱"的称号。我也曾有如现在的青年一样,向已死和未死的导师们问过应走的路。他们都说:不可向东,或西,或南,或北。但不说应该向东,或西,或南,或北。我终于发见他们心底里的蕴蓄了:不过是一个"不走"而已。

坐着而等待平安,等待前进,倘能,那自然是很好的,但可虑的是老死而所等待的却终于不至;不生育、不流产而等待一个英伟的宁馨儿,那自然也很可喜的,但可虑的是终于什么也没有。

倘以为与其所得的不是出类拔萃的婴儿,不如断种,那就无话可说。但如果我们永远要听见人类的足音,则我以为流产究竟比不生产还有望,因为这已经明明白白地证明着能够生产的了。

十二月二十日。

* 本篇最初分三次发表于一九二五年十二月十日、十二日、二十二日北京《国民新报副刊》。

并非闲话（三）

西滢先生这回是义形于色,在《现代评论》四十八期的《闲话》里很为被书贾擅自选印作品,因而受了物质上损害的作者抱不平。而且贱名也忝列于作者之列:惶恐透了。吃饭之后,写一点自己的所感罢。至于捏笔的"动机",那可大概是"不纯洁"的。记得幼小时候住在故乡,每看见绅士将一点骗人的自以为所谓恩惠,颁给下等人,而下等人不大感谢时,则斥之曰"不识抬举!"我的父祖是读书的,总该可以算得士流了,但不幸从我起,不知怎的就有了下等脾气,不但恩惠,连吊慰都不很愿意受,老实说罢:我总疑心是假的。这种疑心,大约就是"不识抬举"的根苗,或者还要使写出来的东西"不纯洁"。

我何尝有什么白刃在前,烈火在后,还是钉住书桌,非写不可的"创作冲动";虽然明知道这种冲动是纯洁、高尚、可贵的,然而其如没有何。前几天早晨,被一个朋友怒视了两眼,倒觉得脸有点热,心有点酸,颇近乎有什么冲动了,但后来被深秋的寒风一吹拂,脸上的温度便复原——没有创作。至于已经印过的那些,那是被挤出来的。这"挤"字是挤牛乳之"挤";这"挤牛乳"是专来说明"挤"字的,并非故意将我的作品比作牛乳,希冀装在玻璃瓶里,送进什么"艺术之宫"。倘用现在突然流行起来了的论调,将青年的急于发表未熟的作品称为"流产",则我的便是"打胎";或者简直不是胎,是狸猫充太子。所以一写完,便完事,管他妈的,书贾怎么偷,文士怎么说,都不再来提心吊胆。但是,如果有我所相信的人愿意看,称赞好,我终于是欢喜的。后来也集印了,为的是还想卖几文钱,老实说。

那么，我在写的时候没有虔敬的心么？答曰：有罢。即使没有这种冠冕堂皇的心，也决不故意要些油腔滑调。被挤着，还能嬉皮笑脸，游戏三昧么？倘能，那简直是神仙了。我并没有在吕纯阳祖师门下投诚过。

但写出以后，却也不很爱惜羽毛，有所谓"敝帚自珍"的意思，因为，已经说过，其时已经是"便完事，管他妈的"了。谁有心肠来管这些无聊的后事呢？所以虽然有什么选家在那里放出他那伟大的眼光，选印我的作品，我也照例给他一个不管。其实，要管也无从管起的。我曾经替人代理过一回收版税的译本，打听得卖完之后，向书店去要钱，回信却道，旧经理人已经辞职回家了，你向他要去罢；我们可是不知道。这书店在上海，我怎能乘了火车去向他坐索，或者打官司？但我对于这等选本，私心却也有"窃以为不然"的几点，一是原本上的错字，虽然一见就明知道是错的，他也照样错下去；二是他们每要发几句伟论，例如什么主义咧，什么意思咧之类，大抵是我自己倒觉得并不这样的事。自然，批评是"精神的冒险"，批评家的精神总比作者会先一步的，但在他们的所谓死尸上，我却分明听到心搏，这真是到死也说不到一块儿。此外，倒也没有什么大怨气了。

这虽然似乎是东方文明式的大度，但其实倒怕是因为我不靠卖文营生。在中国，骈文寿序的定价往往还是每篇一百两，然而白话不值钱；翻译呢，听说是自己不能创作而嫉妒别人去创作的坏心肠人所提倡的，将来文坛一进步，当然更要一文不值。我所写出来的东西，当初虽然很碰过许多大钉子，现在的时价是每千字一至二三元，但是不很有这样好主顾，常常只好尽些不知何自而来的义务。有些人以为我不但用了这些稿费或版税造屋，买米，而且还靠它吸烟卷，吃果糖。殊不知那些款子是另外骗来的；我实在不很擅长于先装鬼脸去吓书坊老板，然后和他接洽。我想，中国最不值钱的是工人的体力了，其次是咱们的所谓文章，只有伶俐最值钱。倘真要直直落落，借文字谋生，则据我的经验，卖来卖去，来回至少一个月，多则一年余，待款子寄到时，作者不但已经饿死，倘在夏天，连筋肉也都烂尽了，哪里还有吃饭的肚子。

所以我总用别的道儿谋生；至于所谓文章也者，不挤，便不做。挤了才有，则和什么高超的"烟士披离纯"呀，"创作感兴"呀之类不大有关系，也就可想而知。倘说我假如不必用别的道儿谋生，则心志一专，就会有"烟士披离纯"等类，而产生较伟大的作品，至少，也可以免于献出剥皮的狸猫罢，那可是也未必。三家村的冬烘先生，一年到头，一早到夜教村童，不但毫不"时时想政治活动"，简直并不很"干着种种无聊的事"，但是他们似乎并没有《教育学概论》或"高头讲章"①的待定稿，藏之名山。而马克思的《资本论》，陀思妥夫斯奇的《罪与罚》等，都不是啜末加②加啡，吸埃及烟卷之后所写的。除非章士钊总长治下的"有些天才"的编译馆③人员，以及讨得官僚津贴或银行广告费的"大报"作者，于谋成事遂，睡足饭饱之余，三月炼字，半年锻句，将来会做出超伦逸群的古奥漂亮作品。总之，在我，是肚子一饱，应酬一少，便要心平气和，关起门来，什么也不写了；即使还写，也许不过是温暾之谈，两可之论，也即所谓执中之说，公允之言，其实等于不写而已。

所以上海的小书贾化作蚊子，吸我的一点血，自然是给我物质上的损害无疑，而我却还没有什么大怨气，因为我知道他们是蚊子，大家也都知道他们是蚊子。我一生中，给我大的损害的并非书贾，并非兵匪，更不是旗帜鲜明的小人：乃是所谓"流言"。即如今年，就有什么"鼓动学潮"呀，"谋做校长"呀，"打落门

---

① "高头讲章"：在经书正文上端留有较宽空白，刊印讲解文字，这些文字称为"高头讲章"。后来泛指这类格式的经书。

② 末加（Mokha）：今译穆哈，阿拉伯也门共和国的海口，著名的咖啡产地。

③ 编译馆：指当时的国立编译馆，由章士钊呈请创办，一九二五年十月成立。

牙"呀这些话。有一回,竟连现在为我的著作权受损失抱不平的西滢先生也要相信了,也就在《现代评论》(第二十五期)的照例的《闲话》上发表出来;它的效力就可想。譬如一个女学生,与其被若干卑劣阴险的文人学士们暗地里散布些关于品行的谣言,倒不如被土匪抢去一条红围巾——物质。但这种"流言",造的是一个人还是多数人?姓甚,名谁?我总是查不出;后来,因为没有多工夫,也就不再去查考了,仅为便于述说起见,就总称之曰畜生。

虽然分了类,但不幸这些畜生就杂在人们里,而一样是人头,实际上仍然无从辨别。所以我就多疑,不大要听人们的说话;又因为无话可说,自己也就不大愿意做文章。有时候,甚至于连真的义形于色的公话也会觉得古怪、珍奇,于是乎而下等脾气地"不识抬举"遂告成功,或者会终于不可救药。

平心想起来,所谓"选家"这一流人物,虽然因为容易联想到明季的制艺的选家①的缘故,似乎使人厌闻,但现在倒是应该有几个。这两三年来,无名作家何尝没有胜于较有名的作者的作品,只是谁也不去理会他,一任他自生自灭。去年,我曾向DF②先生提议过,以为该有人搜罗了各处的各种定期刊行物,仔细评量,选印几本小说集,来绍介于世间;至于已有专集者,则一概不收,"再拜而送之大门之外"。但这话也不过终于是空话,当时既无定局,后来也大家走散了。我又不能做这事业,因为我是偏心的。评是非时我总觉得我的熟人对,读作品是异己者的手腕大概不高明。在我的心里似乎是没有所谓"公平",在别人里我也没有看见过,然而还疑心什么地方也许有,因此就不敢做那两样东西了:法官、批评家。

171

华盖集

① 制艺的选家:明代以八股文(制艺)取士,催生出选家;他们的八股文选本大抵都是陈词滥调之作。长篇小说《儒林外史》中有对于选家的淋漓尽致的描写。
② DF:指郁达夫。

现在还没有专门的选家时，这事批评家也做得，因为批评家的职务不但是剪除恶草，还得灌溉佳花——佳花的苗。譬如菊花如果是佳花，则它的原种不过是黄色的细碎的野菊，俗名"满天星"的就是。但是，或者是文坛上真没有较好的作品之故罢，也许是一做批评家，眼界便极高卓，所以我只见到对于青年作家的迎头痛击、冷笑、抹杀，却很少见诱掖奖劝的意思的批评。有一种所谓"文士"而又似批评家的，则专是一个人的御前侍卫，托尔斯泰呀，托她斯泰呀，指东画西的，就只为一人做屏风。其甚者竟至于一面暗护此人，一面又中伤他人，却又不明明白白地举出姓名和实证来，但用了含沙射影的口气，使那人不知道说着自己，却又另用口头宣传以补笔墨所不及，使别人可以疑心到那人身上去。这不但对于文字，就是女人们的名誉，我今年也看见有用了这畜生道的方法来毁坏的。古人常说"鬼蜮伎俩"，其实世间何尝真有鬼蜮，那所指点的，不过是这类东西罢了。这类东西当然不在话下，就是只做侍卫的，也不配评选一言半语，因为这种工作，做的人自以为不偏而其实是偏的也可以，自以为公平而其实不公平也可以，但总不可"别有用心"于其间的。

书贾也像别的商人一样，唯利是图；他的出版或发议论的"动机"，谁也知道他"不纯洁"，决不至于和大学教授的来等量齐观的。但他们除唯利是图之外，别的倒未必有什么用意，这就是使我反而放心的地方。自然，倘是向来没有受过更奇特而阴毒的暗箭的福人，那当然即此一点也要感到痛苦。

这也算一篇作品罢，但还是挤出来的，并非围炉煮茗时中的闲话，临了，便回上去填作题目，纪实也。

十一月二十二日。

＊本篇最初发表于一九二五年十二月七日《语丝》周刊第五十六期。

我 观 北 大

因为北大学生会的紧急征发，我于是总得对于本校的二十七周年纪念来说几句话。

据一位教授①的名论，则"教一两点钟的讲师"是不配与闻校事的，而我正是教一点钟的讲师。但这些名论，只好请恕我置之不理——如其不恕，那么，也就算了，人哪里顾得这些事。

我向来也不专以北大教员自居，因为另外还与几个学校有关系。然而不知怎的——也许是含有神妙的用意的罢，今年忽而颇有些人指我为北大派。我虽然不知道北大可真有特别的派，但也就以此自居了。北大派么？就是北大派！怎么样呢？

但是，有些流言家幸勿误会我的意思，以为谣我怎样，我便怎样的。我的办法也并不一律。譬如前次的游行，报上谣我被打落了两个门牙，我可决不肯具呈警厅，吁请补派军警，来将我的门牙重新打落。我之照着谣言做去，是以专检自己所愿意者为限的。

我觉得北大也并不坏。如果真有所谓派，那么，被派进这派里去，也还是也就算了。理由在下面：

既然是二十七周年，则本校的萌芽，自然是发于前清的，但我并民国初年的情形也不知道。唯据近七八年的事实看来，第一，北大是常为新的，改进的运动的先锋，要使中国向着好的，往上的道路走。虽然很中了许多暗箭，背了许多谣言；教授和学生也都逐年地有些改换了，而那向上的精神还是始终一贯，不见得

① 指高仁山，时任北京大学教授。

弛懈。自然,偶尔也免不了有些很想勒转马头的,可是这也无伤大体,"万众一心",原不过是书本子上的冠冕话。

第二,北大是常与黑暗势力抗战的,即使只有自己。自从章士钊提了"整顿学风"的招牌来"作之师",并且分送金款以来,北大却还是给他一个依照彭允彝①的待遇。现在章士钊虽然还伏在暗地里做总长,本相却已显露了;而北大的校格也就愈明白。那时固然也曾显出一角灰色,但其无伤大体,也和第一条所说相同。

我不是公论家,有上帝一般决算功过的能力。仅据我所感得地说,则北大究竟还是活的,而且还在生长的。凡活的而且在生长者,总有着希望的前途。

今天所想到的就是这一点。但如果北大到二十八周年而仍不为章士钊者流所谋害,又要出纪念刊,我却要预先声明:不来多话了,一则,命题作文,实在苦不过;二则,说起来大约还是这些话。

十二月十三日。

* 本篇最初发表于一九二五年十二月十七日《北大学生会周刊》创刊号。

---

① 彭允彝(1878—1943):字静仁,湖南湘潭人。一九二三年他任北洋政府教育总长时,北京大学为了反对他,曾一度与教育部脱离关系。

碎　话

　　如果只有自己,那是都可以的:今日之我与昨日之我战也好,今日这么说明日那么说也好。但最好是在自己的脑里想,在自己的宅子里说;或者和情人谈谈也不妨,横竖她总能以"阿呀"表示其佩服,而没有第三者与闻其事。只是,假使不自珍惜,陆续发表出来,以"领袖""正人君子"自居,而称这些为"思想"或"公论"之类,却难免有多少老实人遭殃。自然,凡有神妙的变迁,原是反足以见学者文人们进步之神速的;况且文坛上本来就"只许州官放火不准百姓点灯",既不幸而为庸人,则给天才做一点牺牲,也正是应尽的义务。谁叫你不能研究或创作的呢? 亦唯有活该吃苦而已矣!

　　然而,这是天才,或者是天才的奴才的崇论宏议。从庸人一方面看起来,却不免觉得此说虽合乎理而反乎情;因为"蝼蚁尚且贪生",也还是古之明训。所以虽然是庸人,总还想活几天,乐一点。无奈爱管闲事是他们吃苦的根苗,坐在家里好好的,却偏要出来寻师,听公论了。学者文人们正在一日千变地进步,大家跟在他后面;他走的是小弯,你走的是大弯,他在圆心里转,你却必得在圆周上转,汗流浃背而终于不知所以,那自然是不待数计龟卜而后知的。

　　什么事情都要干,干,干! 那当然是名言,但是倘有傻子真去买了手枪,就必要深悔前非,更进而悟到救国必先求学。这当然也是名言,何用多说呢,就遵谕钻进研究室去。待到有一天,你发见了一颗新彗星，或者知道了刘歆并非刘向的儿子①之后，跳出来救国时，先觉者可是"杳如黄鹤"了，寻来寻去，也许会在戏园子里发见。你不要再菲薄那"小东人嗯嗯！哪，唉唉唉！"②罢：这是艺术。听说"人类不仅是理智的动物"，必须"种种方面有充分发达的人，才可以算完人"呀，学者之在戏园，乃是"在感情方面求种种的美"。"束发小生"变成先生，从研究室里钻出，救国的资格也许有一点了，却不料还是一个精神上种种方面没有充分发达的畸形物，真是可怜可怜。

那么，立刻看夜戏，去求种种的美去，怎么样？谁知道呢。也许学者已经出戏园，学说也跟着长进(俗称改变，非也)了。

叔本华先生以厌世名一时，近来中国的绅士们却独独赏识了他的《妇人论》③。的确，他的骂女人虽然还合绅士们的脾胃，但别的话却实在很些和我们不相宜的。即如《读书和书籍》那一篇里，就说，"我们读着的时候，别人却替我们想。我们不过反复了这人的心的过程。……然而本来地说起来，则读书时，我们的脑已非自己的活动地。这是别人的思想的战场了。"但是我们的学者文人们却正需要这样的战场——未经老练的青年的脑髓。但也并非在这上面和别的强敌战斗，乃是今日之我打昨日之我，"道义"之手批"公理"之颊——说得俗一点，自己打嘴巴。做了这样的战场者，怎么还能明白是怎么一回事。

这一月来，不知怎的又有几个学者文人或批评家亡魂失魄了，仿佛他们在上月底才从娘胎钻出，毫不知道民国十四年十二月以前的事似的。女师大学生一归她们被占的本校，就有人引以为例，说张胡子或李胡子可以"派兵送一二百学生占据了二

---

① 刘向(约前77—前6)、刘歆(？—23)，父子二人都是汉代学者。这里说"刘歆并非刘向的儿子"，是讽刺当时一些毫无根据地乱下判断的考据家。

② 这是京剧《三娘教子》中老仆薛保的唱词。"小东人"指小主人薛倚。

③ 《妇人论》：叔本华的一篇诬蔑妇女的文章。

三千学生的北大"。如果这样，北大学生确应该群起而将女师大扑灭，以免张胡或李胡援例，确保母校的安全。但我记得北大刚举行过二十七周年纪念，那建立的历史，是并非由章士钊将张胡或李胡将要率领的二百学生拖出，然后，改立北大，招生三千，以掩人耳目的。这样的比附，简直是在青年的脑上打滚。夏间，则也可以称为"挑剔风潮"。但也许批评界有时也是"只许州官放火不准百姓点灯"，正如天才之在文坛一样的。

学者文人们最好是有这样的一个特权，月月，时时，自己和自己战——即自己打嘴巴。免得庸人不知，以常人为例，误以为连一点"闲话"也讲不清楚。

十二月二十二日。

＊本篇最初发表于一九二六年一月八日《猛进》周刊第四十四期。

"公理"的把戏

自从去年春间,北京女子师范大学有了反对校长杨荫榆事件以来,于是而有该校长在太平湖饭店请客之后,任意将学生自治会员六人除名的事;有引警察及打手蜂拥入校的事;迨教育总长章士钊复出,遂有非法解散学校的事;有司长刘百昭雇用流氓女丐殴曳学生出校,禁之补习所空屋中的事;有手忙脚乱,急挂女子大学招牌以掩天下耳目的事;有胡敦复①之趁火打劫,攫取女大校长饭碗,助章士钊欺罔世人的事。女师大的许多教职员——我敢特地声明:并不是全体!——本极以章杨的措置为非,复痛学生之无辜受戮,无端失学,而校务维持会之组织,遂愈加严固。我先是该校的一个讲师,于黑暗残虐情形,多曾目睹;后是该会的一个委员,待到女师大在宗帽胡同自赁校舍,而章士钊尚且百端迫压的苦痛,也大抵亲历的。当章氏势焰熏天时,我也曾环顾这首善之区,寻求所谓"公理""道义"之类而不得;而现在突起之所谓"教育界名流"者,那时则鸦雀无声;甚且捧献肉麻透顶的呈文,以歌颂功德。但这一点,我自然也判不定是因为畏章氏有嗾使兵警痛打之威呢,还是贪图分润金款之利,抑或真以他为"公理"或"道义"等类的具象的化身?但是,从章氏逃走,女师大复校以后,所谓"公理"等件,我却忽而间接地从女子大学在撷英馆宴靖"北京教育界名流及女大学生家长"的席上找到了。

据十二月十六日的《北京晚报》说,则有些"名流"即于十四

---

① 胡敦复(1886—1978):江苏无锡人,美国留学生,曾任上海大同大学校长。

日晚六时在那个撷英番菜馆开会。请吃饭的，去吃饭的，在中国一天不知道有多多少少，本不与我相干，虽然也令我记起杨荫榆也爱在太平湖饭店请人吃饭的旧事。但使我留心的是，从这饭局里产生了"教育界公理维持会"，从这会又变出"国立女子大学后援会"，从这会又发出"致国立各校教职员联席会议函"，声势浩大，据说是"而于该校附和暴徒，自堕人格之教职员，即不能投畀豺虎，亦宜屏诸席外，勿与为伍"云。他们之所谓"暴徒"，盖即刘百昭之所谓"土匪"，官僚名流，口吻如一，从局外人看来，不过煞是可笑而已。而我是女师大维持会员之一，又是女师大教员，人格所关，当然有抗议的权利。岂但抗议？"投虎""割席"，"名流"的熏灼之状，竟至于斯，则虽报以恶声，亦不为过。但也无须如此，只要看一看这些"名流"究竟是什么东西，就尽够了。报上和函上有名单：

除了万里鸣是太平湖饭店掌柜，以及董子鹤辈为我所不知道的不计外，陶昌善是农大教务长，教长兼农大校长章士钊的替身；石志泉是法大教务长；查良钊是师大教务长；李顺卿、王桐龄是师大教授；萧友梅是前女师大而今女大教员；蹇华芬是前女师大而今女大学生；马寅初是北大讲师，又是中国银行的什么，也许是"总司库"，这些名目我记不清楚了；燕树棠，白鹏飞，陈源即做《闲话》的西滢，丁燮〔xiè，谐和，调和〕林即做过《一只马蜂》的西林，周鲠生即周览，皮宗石，高一涵，李仲揆即李四光曾有一篇杨荫榆要用汽车迎他"观剧"的作品登在《现代评论》上的，都是北大教授，又大抵原住在东吉祥胡同，又大抵是先前反对北大对章士钊独立的人物，所以当章士钊炙手可热之际，《大同晚报》曾称他们为"东吉祥派的正人君子"，虽然他们那时并没有开什么"公理"会。但他们的住址，今年新印的《北大职员录》上可很有些函胡了，我所依据的是民国十一年的本子。

日本人学了中国人口气的《顺天时报》，即大表同情于女子大学，据说多人的意见，以为女师大教员多系北大兼任，有附属

179

华盖集

于北大之嫌。亏它征得这么多人的意见。然而从上列的名单看来，那观察是错的。女师大向来少有专任教员，正是杨荫榆的狡计，这样，则校长即可以独揽大权；当我们说话时，高仁山即以讲师不宜与闻校事来箝制我辈之口。况且女师大也决不因为中有北大教员，即精神上附属于北大，便是北大教授，正不乏有当学生反对杨荫榆的时候，即协力来歼灭她们的人。即如八月七日的《大同晚报》，就有"某当局……谓北大教授中，如东吉祥派之正人君子，亦主张解散"等语。《顺天时报》的记者倘竟不知，可谓昏愦，倘使知道而故意淆乱黑白，那就有挑拨对于北大怀着恶感的人物，将那恶感蔓延于女师大之嫌，居心可谓卑劣。但我们国内战争，尚且常有日本浪人从中作祟，使良民愈陷于水深火热之中，更何况一校女生和几个教员之被诬蔑。我们也只得自责国人之不争气，竟任这样的报纸跳梁！

北大教授王世杰在撷英馆席上演说，即云"本人决不主张北大少数人与女师大合作"，就可以证明我前言的不诬。至又谓"照北大校章教职员不得兼他机关主要任务然而现今北大教授在女师大兼充主任者已有五人，实属违法应加以否认云云"，则颇有语病。北大教授兼国立京师图书馆副馆长月薪至少五六百元的李四光，不也是正在坐中"维持公理"，而且演说的么？使之何以为情？李教授兼副馆长的演说词，报上却不载；但我想，大概是不赞成这个办法的。

北大教授燕树棠谓女大学生极可佩服，而对于"形同土匪破坏女大的人应以道德上之否认加之"，则竟连所谓女大教务长萧纯锦的自辩女大当日所埋伏者是听差而非流氓的启事也没有见，却已一口咬定，嘴上忽然跑出一个"道德"来了。那么，对于形同鬼蜮破坏女师大的人，应以什么上之否认加之呢？

"公理"实在是不容易谈，不但在一个维持会上，就要自相矛盾，有时竟至于会用了"道义"上之手，自批"公理"上之脸的嘴巴。西滢是曾在《现代评论》（三十八）的《闲话》里冷嘲过援助女师大的人们的："外国人说,中国人是重男轻女的。我看不见得吧。"现在却签名于什么公理会上了,似乎性情或体质有点改变。而且曾经感慨过："你代被群众专制所压迫者说了几句公平话,那么你不是与那人有'密切的关系'便是吃了他或她的酒饭。"(《现代》四十)然而现在的公理什么会上的言论和发表的文章上,却口口声声,侧重多数了;似乎主张又颇有些参差,只有"吃饭"的一件事还始终如一。在《现代评论》(五十三)上,自诩是"所有的批评都本于学理和事实,绝不肆口嫚骂",而忘却了自己曾称女师大为"臭茅厕",并且署名于要将人"投畀豺虎"的信尾曰:陈源。陈源不就是西滢么?半年的事,几个的人,就这么矛盾支离,实在可以使人悯笑。但他们究竟是聪明的,大约不独觉得"公理"歪邪,而且连自己们的"公理维持会"也很有些歪邪了罢,所以突然一变而为"女子大学后援会"了,这是的确的,后援,就是站在背后的援助。

但是十八日《晨报》上所载该后援会开会的记事,却连发言的人的名姓也没有了,一律叫作"某君"。莫非后来连对于自己的姓名也觉得可羞,真是"内愧于心"了?还是将人"投畀豺虎"之后,预备归过于"某君",免得自己负责任,受报复呢?虽然报复的事,并为"正人君子"们所反对,但究竟还不如先使人不知道"后援"者为谁的稳当,所以即使为着"道义",而坦白的态度,也仍为他们所不取罢。因为明白地站出来,就有些"形同土匪"或"暴徒",怕要失了专在背后,用暗箭的聪明人的人格。

其实,撷英馆里和后援会中所啸聚的一彪人马,也不过是各处流来的杂人,正如我一样,到北京来骗一口饭,岂但"投畀豺虎",简直是已经"投畀有北"的了。这算得什么呢?以人论,我与王桐龄,李顺卿虽曾在西安点首谈话,却并不当作朋侪;与陈源虽尝在给泰戈尔祝寿的戏台前一握手,而早已视为异类,又何至于会有和他们连席之意?而况于不知什么东西的杂人等辈也哉！以事论，则现在的教育界中实无豺虎，但有些城狐社鼠①之流，那是当然不能免的。不幸十余年来，早见得不少了；我之所以对于有些人的口头的鸟"公理"而不敬者，即大抵由于此。

十二月十八日。

＊本篇最初发表于一九二五年十二月二十四日《国民新报副刊》。

————————

① 城狐社鼠：比喻依势作恶的小人。

这回是“多数”的把戏

　　《现代评论》五五期《闲话》的末一段是根据了女大学生的宣言,说女师大学生只有二十个,别的都已进了女大,就深悔从前受了“某种报纸的催眠”。幸而见了宣言,这才省悟过来了,于是发问道:“要是二百人(按据云这是未解散前的数目)中有一百九十九人入了女大便怎样? 要是二百人都入了女大便怎样? 难道女师大校务维持会招了几个新生也去恢复么? 我们不免要奇怪那维持会维持的究竟是谁呢? 他们的目的究竟是什么呢?”

　　这当然要为夏间并不维持女师大而现在则出而维持“公理”的陈源教授所不解的。我虽然是女师大维持会的一个委员,但也知道别一种可解的办法——

　　二十人都往多的一边跑,维持会早该趋奉章士钊!

　　我也是“四五十岁的人爱说四五岁的孩子话”,而且爱学奴才话的,所以所说的也许是笑话。但是既经说开,索性再说几句罢:要是二百人中有二百另一人入了女大便怎样? 要是维持会员也都入了女大便怎样? 要是一百九十九人入了女大,而剩下的一个人偏不要维持便怎样? ……

　　我想这些妙问,大概是无人能答的。这实在问得太离奇,虽是四五岁的孩子也不至于此——我们不要小觑了孩子。人也许能受“某种报纸的催眠”,但也因人而异,“某君”只限于“某种”;即如我,就决不受《现代评论》或“女大学生某次宣言”的催眠。假如,倘使我看了《闲话》之后,便抚心自问:“要是二百人中有一百九十九人入了女大便怎样? ……维持会维持的究竟是谁呢？……"那可真要连自己也奇怪起来，立刻对章士钊的木主①肃然起敬了。但幸而连陈源教授所据为典要的《女大学生二次宣言》也还说有二十人，所以我也正不必有什么"杞天之虑"。

记得"公理"时代（可惜这黄金时代竟消失得那么快），不是有人说解散女师大的是章士钊，女大乃另外设立，所以石驸马大街的校址是不该归还的么？自然，或者也可以这样说。但我却没有被其催眠，反觉得这道理比满洲人所说的"亡明者闯贼也，我大清天下，乃得之于闯贼，非取之于明"的话还可笑。从表面上看起来，满人的话，倒还算顺理成章，不过也只能骗顺民，不能骗遗民和逆民，因为他们知道此中的底细。我不聪明，本也很可以相信的，然而竟不被骗者，因为幸而目睹了十四年前的革命，自己又是中国人。

然而"要是"女师大学生竟一百九十九人都入了女大，又怎样呢？其实，"要是"章士钊再做半年总长，或者他的走狗们作起祟来，宗帽胡同的学生纵不至于"都入了女大"，但可以被迫胁到只剩一个或不剩一个，也正是意中事。陈源教授毕竟是"通品"，虽是理想也未始没有实现的可能。那么，怎么办呢？我想，维持。那么，"目的究竟是什么呢？"我想，就用一句《闲话》来答复："代被群众专制所压迫者说几句公平话"。

可惜正如"公理"的忽隐忽现一样，"少数"的时价也四季不同的。杨荫榆时候多数不该"压迫"少数，现在是少数应该服从多数了。你说多数是不错的么，可是俄国的多数主义现在也还叫作过激党，为大英大日本和咱们中华民国的绅士们所"深恶而痛绝之"。这真要令我莫名其妙。或者"暴民"是虽然多数，也得算作例外的罢。

"要是"帝国主义者抢去了中国的大部分，只剩了一二省，

---

① 木主：也叫神主，写有死者姓名当作供奉神位的木牌。

我们便怎样？别的都归了强国了,少数的土地,还要维持么?!明亡以后,一点土地也没有了,却还有窜身海外,志在恢复的人①。凡这些,从现在的"通品"看来,大约都是谬种,应该派"在德国手格盗匪数人",立功海外的英雄刘百昭去剿灭他们的罢。

"要是"真如陈源教授所言,女师大学生只有二十了呢? 但是究竟还有二十人。这足可使在章士钊门下暗做走狗而脸皮还不十分厚的教授文人学者们愧死!

十二月二十八日。

＊本篇最初发表于一九二五年十二月三十一日《国民新报副刊》。

---

① 指明亡以后坚持抗清的郑成功(1624—1662)、张煌言(1620—1664)、朱之瑜(1600—1682)等人。

后　记

本书中至少有两处，还得稍加说明——

一、徐旭生先生第一次回信中所引的话，是出于 ZM 君登在《京报副刊》（十四年三月八日）上的一篇文章①的。其时我正因为回答"青年必读书"，说"不能作文算什么大不了的事"，很受着几位青年的攻击。ZM 君便发表了我在讲堂上口说的话，大约意在申明我的意思，给我解围。现在就抄一点在下面——

> "读了许多名人学者给我们开的必读书目，引起不少的感想；但最打动我的是鲁迅先生的两句附注，……因这几句话，又想起他所讲的一段笑话来。
>
> 他似乎这样说：" '讲话和写文章，似乎都是失败者的征象。正在和运命恶战的人，顾不到这些；真有实力的胜利者也多不作声。譬如鹰攫兔子，叫喊的是兔子不是鹰；猫捕老鼠，啼呼的是老鼠不是猫。……又好像楚霸王……追奔逐北的时候，他并不说什么；等到摆出诗人面孔，饮酒唱歌，那已经是兵败势穷，死日临头了。最近像吴佩孚名士的'登彼西山，赋彼其诗'，齐燮元②先生的'放下枪支，拿起笔干'，更是明显的例了。' "

二、近几年来，常听到人们说学生嚣张，不单是老先生，连刚出学校而做了小官或教员的也往往这么说。但我却并不觉得这

---

① 　ZM 的文章题为"鲁迅先生的笑话"。

② 　齐燮元（1879—1946）：河北宁河人（今属天津市），北洋直系军阀。抗日战争时期成为汉奸。

样。记得革命以前，社会上自然还不如现在似的憎恶学生，学生也没有目下一般驯顺，单是态度，就显得桀傲，在人丛中一望可知。现在却差远了，大抵长袍大袖，温文尔雅，正如一个古之读书人。我也就在一个大学的讲堂上提起过，临末还说：其实，现在的学生是驯良的，或者竟可以说是太驯良了……武者君登在《京报副刊》（约十四年五月初）上的一篇《温良》中，所引的就是我那时所说的这几句话。我因此又写了《忽然想到》第七篇，其中所举的例，一是前几年被称为"卖国贼"者的子弟曾大受同学唾骂，二是当时女子师范大学的学生正被同性的校长使男职员威胁。我的对于女师大风潮说话，这是第一回，过了十天，就"碰壁"；又过了十天，陈源教授就在《现代评论》上发表"流言"，过了半年，据《晨报副刊》（十五年一月三十日）所发表的陈源教授给徐志摩"诗哲"的信，则"捏造事实传布流言"的倒是我了。真是世事白云苍狗，不禁感慨系之矣！

又，我在《"公理"的把戏》中说杨荫榆女士"在太平湖饭店请客之后，任意将学生自治会员六人除名"，那地点是错误的，后来知道那时的请客是西长安街的西安饭店。等到五月二十一日即我们"碰壁"的那天，这才换了地方，"由校特请全体主任专任教员评议会会员在太平湖饭店开校务紧急会议，解决种种重要问题。"请客的饭馆是哪一个，和紧要关键原没有什么大相干，但从"所有的批评都本于学理和事实"的所谓"文士"学者之流看来，也许又是"捏造事实"，而且因此就证明了凡我所说，无一句真话，甚或至于连杨荫榆女士也本无其人，都是我凭空结撰的了。这于我是很不好的，所以赶紧订正于此，庶几"收之桑榆"云。

一九二六年二月十五日校毕记。仍在绿林书屋之东壁下。

＊ZM 的文章题为"鲁迅先生的笑话"，参看《集外集拾遗补编・通讯（复孙伏园）》。